MISÈRE DE CHIEN

Données de catalogage avant publication (Canada) :

Chabin, Laurent, 1957-

    Misère de chien

    suite de... Caveau de famille.

    ISBN 2-89553-009-2

    1. Titre.

PS8555.H17M57 2000   C843'.54   C00-941509-2
PS9555.H17M57 2000
PQ3919.2.C42M57 2000

Graphisme et mise en page : **Emmanuel Aquin**

Les Éditions Point de Fuite remercient la Société de développement des entreprises culturelles du Québec pour son aide financière.

● **LES ÉDITIONS POINT DE FUITE** ▶
137, St-François-Xavier, bureau 308
Montréal, Québec, Canada H2Y 2T2
tél : (514) 908-0031 / (514) 540-0788
fax : (514) 908-0032
site web : www.pointdefuite.com
courriel : info@pointdefuite.com

Distribution : Prologue Inc.
tél : (450) 434-0306/1-800-363-2864
fax : (450) 434-2627 / 1-800-361-8088

ISBN 2-89553-009-2

Dépôt légal — 4e trimestre 2000
Bibliothèque nationale du Québec

Imprimé au Québec

Laurent Chabin

MISÈRE DE CHIEN

Roman

ÉDITIONS POINT DE FUITE

Ça ressemble à une de ces cochonneries comme on en voit partout dans les musées ou les galeries d'art, un gros plastique fondu, une espèce de caramel mou éternué par un hippopotame enrhumé, une bouse d'herbivore préhistorique... Ça en a l'allure, ça en a la couleur. C'est abandonné là, au pied de l'escalier, écrasé par la chaleur et couvert de mouches. Ça n'a pas de sens, c'est dépourvu de devant comme de derrière. En tout cas, on ne fait pas la différence. À chaque bout, c'est plus sombre, une gueule ou un cul, difficile à dire, marron foncé, baveux, avec des plis comme du vieux cuir suintant au soleil et une plus grosse concentration de mouches.

C'est comme un cauchemar sorti du bestiaire d'un peuple obstinément voué au malheur, une de ces tribus en loques qui ne savent vivre que dans le martyre et s'inventent des dieux ignobles, couverts d'écailles ou de piquants, des idoles pustuleuses qui ne sortent de leur temple, un trou d'eau boueuse, qu'une fois par an, pour bouffer une demi-douzaine de gamines à peine formées, en échange de leur indulgence...

Le milieu du corps tient de l'hallucination. Chenille monstrueuse, éruption délirante, il bourgeonne, dégouline, suppure en une série de tétines noirâtres et crevassées qui lui font comme deux rangées de pattes supplémentaires. *Et ça pue, aussi. Une odeur de chiotte et de cha- rogne, épaisse, atroce, qui te grimpe dans les naseaux et se colle sur tes habits. Avec la chaleur, ça s'incruste. Ça mettra des jours et des lessives avant de partir...*

Cette horreur, c'est la signature de la maison. Sa marque. Un gardien farouche. Il faudra l'enjamber pour y entrer, ou alors faire un détour et se plaquer contre le mur, en fermant les yeux et en retenant sa respiration, avancer à la crabe comme sur une corniche trop étroite au-dessus d'un abîme vertigineux. Curieusement, ça ne bouge même pas quand tu passes, aplati comme une crêpe sur le mur lépreux. Mais à ce moment-là, tu t'aperçois enfin qu'à un bout — c'est donc la tête — il y a deux gros yeux qui te suivent. Deux yeux gris sale, vitreux, suppliants, qui crèvent comme des abcès sous les paupières trop lourdes. La pitié commence à germer, «pauvre bête», tu allais dire... Mais cette odeur!... Pas possible! La tête retombe presque aussitôt. Ce n'est qu'un affais- sement. Les paupières suivent le même mouvement. C'est fini.

Il s'appelle Misère. C'est le chien de la maison. Un chien tropical, fondu au soleil, pourri vivant... Un chien sans poil, un chien-fer, comme ils disent. Le comble, en matière d'abjection...

Dans la maison, il n'y a plus personne. Ils ont fermé les persiennes, la porte à clé et baissé les jalousies, avant de partir. C'est mort.

Pourtant, dans le salon, la télé fonctionne encore. L'image est floue, brillante, vibrante, pleine de Z et de W. Les réglages, ici, on ne connaît pas. La télé, on n'y touche pas, on la regarde, c'est tout. C'est fait pour. Quelqu'un regarde, justement. Une forme vague, incrus-

tée dans la pénombre, les yeux, rouges, fixés sur l'insupportable écran scintillant. Elle est assise tout près, un mètre cinquante à peine, raide dans son fauteuil d'infirme, épaisse comme un doigt, les yeux immobiles. Jaune, sèche, craquelée. Un cadavre. Elle est attachée. Serré. Une ceinture de cuir lui enserre la poitrine et la maintient plaquée contre le dossier du fauteuil, comme un insecte piqué entre deux boules de naphtaline.

Pas un geste, pas un souffle. Pas une odeur. Dehors, le chien pue pour deux.

MONCH

On y est. L'impression de sortir d'un sauna pour entrer dans un hammam... L'humidité à saturation, trente-cinq degrés à l'ombre, et de l'air, pas un souffle. Et l'odeur, donc! Inimitable! Pourriture, gaz d'échappement et fond de poubelle, chiottes bouchées, charogne, fermentations... Cocktail tropical, le parfum des îles...

On est arrivés hier et cette atmosphère poisseuse m'a sauté dessus au sortir de l'avion pour ne plus me lâcher. J'ai les poils qui collent du matin au soir. Dou et moi, on a pris une chambre dans un motel, près de la mer. Elle dit que la maison de ses parents tombe en ruines, que c'est un nid à cafards coincé entre les mornes, qu'on n'y respire pas. Et puis on n'y serait pas tranquilles, elle ajoute en m'empoignant les couilles pour me les masser un peu... Mais là, on est bien obligés d'y aller. Tout ça parce que Chérie a décidé que leurs parents méritaient de fêter dignement leurs cinquante ans de mariage. C'est elle qui a tout organisé. Cinquante ans, dis donc! Pilade et Perpétue pour la vie! Ça ne s'invente pas. Il y a des gens qui se fourrent dans de ces pétrins!...

En tout cas, nous, on n'y coupe pas non plus. Tout le monde sera là, ce sera le grand raout familial.

J'ai dû me faire beau. Dou m'a dit que ses frères, chaleur ou pas, ils auront le pantalon à pli, la cravate et les souliers vernis. Alors j'ai fait un effort, j'ai passé la matinée à récurer mes tennis pour que, de marron sale, elles deviennent beige douteux. Et il a fallu que je mette un pantalon propre, pour ne pas faire tache. Un vieux jean blanc trop étroit qui me sert pour ce genre d'occasion, et qui me les ratatine. Mais enfin, je suis présentable pour la cérémonie...

Ce que j'en connais, de la famille de Dou, c'est le gratin, apparemment. Une belle brochette! D'abord il y a Chérie, sa sœur. Elle ne rentre ici qu'une fois par an, pour les vacances. Chérie, ce serait bien mon genre. Elle a la nature qui déborde. Ça pigeonne, ça ondule, ça tangue. C'est vivant du tonnerre de fesses, elle t'en jette tellement plein les yeux qu'il faudrait des lunettes de soleil chaque fois que tu la regardes! Quand elle bouge, elle cliquette. Elle est tout enturbannée d'or. Des ors partout, en mailles, en grains, en chaînes, autour du cou, des bras, des doigts, c'est une vraie quincaillerie. Je me demande pourquoi cet entêtement à se barder de métaux. Remembrance de l'esclavage? C'est vrai qu'elles aiment ça, porter des chaînes. Même en or.

Je l'ai embrassée une fois. Poli, et tout. Bises. Sa joue était légèrement collante. Quelqu'un avait bavé dessus avant moi? Ou alors elle se passe des pommades sur la figure. Oui, c'est sûrement ça. Du fond de teint, non, c'est pas le genre, dans les îles. Les marchands de cirage, ici, ils ne font pas des affaires. Mais des tartines de jeunesse, oui. Des crèmes à remonter les joues, des pâtes à tirer la peau, des mastics à reboucher les trous, ça, sous toutes les latitudes. Le goût n'est pas très différent de celui des desserts en boîte. Aux extraits de concentrés d'arômes naturels de synthèse. C'est probablement fait avec la même chose…

Il y a Chilou, aussi. Lui, c'est le petit dernier. Une erreur de tir, j'ai l'impression. Il a bien dix ans de moins que Dou. Un coup de bite fortuit, ou le fils du facteur… Il est assez différent des autres, Chilou. Je ne sais pas ce qui l'intéresse, à part fourrer. Rien, probablement. Pas comme ses frères. Les trois aînés. Honorat, Désiré, Andoche… Des phénomènes de foire, ceux-là!

Honorat, tiens. Quelle farce! Dou l'appelle Plumo. C'est le plus cocasse des trois. Un type bizarre. Il paraît qu'il ne parle à personne de peur d'attraper des maladies. Je ne l'ai jamais vu mais Dou m'a dit qu'il ressemblait à une momie inca, dépliée et repassée, en deux dimensions. Ça doit être un bonheur dans la maison… Je comprends qu'il se cache!

Apparemment, il passe son temps à s'épousseter, comme si une espèce de délire microbien lui faisait voir en permanence des nuages de poussières toxiques partout où il passe, des hordes de miettes vicieuses qui montent à l'assaut de son pantalon, de sa chemise, qui se jettent sur lui du plus loin qu'elles le voient… Il se décrasse les dents et le nez, inlassablement, s'essuie les yeux, se récure les ongles, les oreilles… Plumo. Et les deux autres, Andoche et Désiré, taillés dans la même guenille, semble-t-il, sortis du même moule… Je vais déguster…

On aura même droit au fameux tonton Léobard, le frère aîné de Perpétue, celui qui ne vit plus aux îles parce que, comme la plupart des mulâtres, il ne supporte pas les nègres. Ça ne l'a pas empêché de faire l'Afrique pendant quarante ans sans broncher. Des nègres, là-bas, il a pourtant dû en endurer un paquet! Mais c'est vrai qu'étant magistrat, il pouvait les envoyer caguer. Les nègres, Monsieur le juge, il en faisait des tapis de salle de bains …

Enfin, maintenant c'est du passé, tout ça, il pourrait finir de moisir tranquillement, loin de cette charognerie, dans la grisaille de l'Île-de-France ou dans une quelconque Floride, dans un mouroir à air conditionné. Mais non. C'est plus fort que lui. Il faut qu'il revienne ici tous les ans, plus aigri que jamais, pour pouvoir se lamenter du matin au soir! Faut qu'il gueule, Léobard. Il y en a pour tout le monde, et l'arrogance des nègres, et l'incurie des pouvoirs publics, et l'indécence des touristes, et la dégradation des routes... Son grand plaisir, c'est de rester vissé devant la télé pendant des heures, devant les nouvelles, pour hurler tout son soûl et se racler l'intérieur de la vésicule biliaire. Avec les ongles. Il s'en rend malade. Merde, il n'a qu'à la fermer, sa télé, il aura la paix! Mais Léobard, c'est le type même du gars qui ne peut pas rester tranquille trois secondes sans chercher à s'enfoncer un clou dans la main. S'il pouvait, il irait jusqu'au pôle Sud rien que pour se plaindre du froid. Je ne sais pas si c'est la famille ou le climat qui les rend comme ça…

Et puis, bien sûr, il y a Pilade et Perpétue, les parents de Dou et de toute la ménagerie. Mes beaux-parents, en quelque sorte, même si je ne suis pas vraiment homologué. Perpétue, comme belle-mère, elle est bien, il faut reconnaître. Beaucoup de choses nous séparent, bien sûr, mais surtout huit mille kilomètres d'océan! Comme discrétion, j'apprécie. Pilade, lui, il n'est pas gênant. Il vit dans un autre monde. Son monde. Anarchiste à vingt ans, extrême droite ensuite et, depuis, absent. Il est ailleurs, il porte son enfer dans sa poche. Le plus lourd fardeau dans l'existence de Pilade, c'est lui-même. Qu'il ne supporte pas les autres, ça se comprend, mais son problème c'est qu'il ne se supporte pas lui-même, et ça, c'est dur! Ça lui pèse encore plus que son arthrite. Tout lui pèse, lui, les autres, le monde. Il s'en inventerait même des nouveaux, des mondes, s'il pouvait, pour se les empiler sur le dos et se courber un peu plus.

La plupart du temps, il vit avec ses vaches, la seule compagnie qu'il supporte à peu près. C'est vrai que les vaches, elles ne parlent pas la bouche pleine, et que la bouche, justement, elles l'ont pleine du matin au soir. Des animaux sympathiques, quoi. Dès qu'il n'en peut plus de sa famille, il va aux vaches. Ce n'est pourtant pas un cul-terreux, Pilade. Professeur en retraite de son état. Avec les palmes académiques et les médailles-saucisson. Les vaches, pour lui, ce n'est pas un métier, c'est un passe-temps. Une soupape, plutôt. Une atmosphère. S'il n'avait pas ses vaches pour respirer, il serait bien capable de se venger sur le reste du monde. Ça lui calme les nerfs. Il y en a qui martyrisent leur chien, leur chat, leurs enfants, qui enferment des oiseaux... Lui, il se frotte aux vaches.

Il est pas d'un abord facile, Pilade. Tu lui parles, c'est comme si tu lui écrasais un pied, tu ne lui parles pas, c'est comme si tu lui écrasais l'autre. Pas simple. Tu ne sais jamais s'il te voit, s'il t'entend... Quand je vois Perpétue, à côté de ça, qui te broie la joue quand elle t'embrasse, qui a l'air de te déclarer la guerre quand elle te demande si ça va, j'ai du mal à les imaginer accouplés depuis cinquante ans...

Dou a garé la voiture à côté de la maison, sur la rue. Comme ça on pourra partir plus tôt, quand on en aura assez, sans se faire remarquer. Chérie, Perpétue, Pilade, les autres, c'est bien joli, mais il ne faut pas en abuser... Tous, ils me détestent, m'abominent, me vomissent, j'en suis sûr. Pour quel crime, pour quelle raison? Pour rien. Parce que. C'est une raison suffisante. Je m'en fiche, j'ai fini par m'habituer. Mais ce matin, je ne sais pas ce qu'ils ont. Au bord de l'apoplexie. Dès qu'ils m'aperçoivent, c'est comme s'ils sentaient le diable... Pourtant ils ne s'en rendent même pas compte, je crois bien, la charité même, tous autant qu'ils sont, la vertu inoxydable, le cœur dans un encensoir... Même quand ils pètent, c'est encore l'haleine de la Sainte Vierge... Ils me croisent avec des sourires, des mots gentils, mais je vois bien que tout au fond, ils ont peur de se brûler, s'ils approchent trop près. Saints faux culs...

Je sors de la voiture. Tiens, moi aussi j'essaie de ne pas me brûler. On pourrait faire cuire un œuf sur la tôle. C'est pas une voiture, c'est un barbecue...

J'attache au fond. Discrètement, je défais ma ceinture et j'essaie de me les défriper. C'est poisseux, ça colle. On dirait que je me suis fait dessus... Bon, allons-y.

Je m'apprête à pousser la grille du jardin pour me précipiter vers l'ombre, mais Dou m'arrête. C'est pas là qu'on va, elle dit. C'est pas là qu'elle va se passer, la fête. Chérie a dit que la maison était trop petite, pas assez jolie. Un taudis, quoi! Alors l'anniversaire, il se passera chez Désiré, juste à côté. Désiré, c'est le numéro deux. Il n'a jamais vraiment coupé le cordon, lui. Même marié, il a continué à dormir chez sa mère, des années. Avec sa femme. Ambiance!

Après, à force d'avoir bossé comme un esclave, il a fini par faire construire. Juste à côté, évidemment. Comme ça, sa maman a pu continuer à lui laver son linge sale, à lui refaire son nœud de cravate et à lui mitonner ses gratins d'aubergines. Aphrodise, sa femme, on ne lui a pas demandé son avis, mais elle a quand même trouvé un avantage au changement. Dans la nouvelle maison, le lit, il pouvait bien grincer, ça ne gênait plus! Du coup, elle lui a pondu une héritière, dans la foulée, presque sans prendre le temps de respirer. Bertinotte, ils l'ont appelée. C'est pas vrai! Où est-ce qu'ils vont les chercher, leurs noms? Dans le calendrier du père Ubu? Une belle petite poupée, Bertinotte, dit-on. De porcelaine. Fragile, transparente... Jamais vue, elle non plus...

La maison d'Aphrodise et Désiré, en revanche, on m'en a déjà parlé. Un château, un monument, une réussite. *La* réussite. Ils sont dans les dettes jusqu'au trognon, pour trente ans au moins, et quand elle sera enfin à eux, vraiment à eux, ils seront bons pour le trou. Mais en attendant, on l'aura visitée, leur cabane. Et je sens qu'on va y avoir droit, nous aussi. Les deux maisons sont construites côte à côte, sur une pente assez raide qui descend à partir de la route et qui se termine en bas, dans un ruisseau couleur caca, loin après la clôture du fond. Le palais et la chaumière. Entre les deux jardins, pas de clôture. Juste une petite allée en béton qui sert de frontière imaginaire.

On descend l'allée. En bas, j'aperçois une silhouette. C'est Andoche, le troisième frère. Il ne bouge pas d'un poil en nous voyant. Il est trop occupé. Il a plu, tout à l'heure, et il est en train d'essuyer sa voiture. Vrai! Il aura vraiment fallu que je vienne ici pour voir ça, un gars en train d'essuyer sa voiture parce qu'il a plu dessus!

Andoche, c'est une ombre chinoise, on ne l'entend même pas quand il marche. C'est d'autant plus curieux qu'il porte des chaussures de cuir du matin au soir. De vraies chaussures, avec des talons et des lacets. Étroites, serrées, cirées. Il faut du cran pour supporter ça avec le climat d'ici ! Et ce n'est pas tout. Cravate et veston croisé! Je ne comprends pas dans quel monde il vit, l'Andoche. Accoutré sous les tropiques comme un commis de ministère dans un conte de Maupassant, chichement nourri de pellicules de viande que sa mère s'obstine à lui faire calciner dans une poêle pendant des heures, logé dans une chambre minuscule et étouffante au fond de la maison, à côté des cabinets. Il ne lit pas, il ne va pas à la plage — parce que c'est plein de sable et que ça se met dans les chaussures — il ne boit pas, il ne fume pas... Il est un peu sec, elle m'avait prévenu, Dou. Un peu, qu'il est sec! Et célibataire. Je veux dire par là qu'il est puceau. Dou me l'a dit, Chérie le lui a certifié. Même s'il a entre trente ou quarante ans, à vue de nez, ça c'est difficile à dire. Je ne sais pas comment elle peut en être aussi sûre, la Chérie, mais ce qui est certain, c'est qu'elle possède une connaissance prodigieuse de tous ces détails intimes concernant sa famille. Globalement, donc, si j'ai bien compris, il serait tout simplement pas fini, Andoche... Une ébauche, une silhouette. Non qu'il soit totalement inactif. Il a une passion. Il s'occupe de sa voiture. Tous les soirs — et durant le week-end tous les après-midi — il se change et il la lave. Un bijou, cette voiture, il faut reconnaître. Un cabriolet sport flambant neuf qu'il bichonne depuis quinze ans, lumineux comme un sapin de Noël, avec des tapis de fesse et un dessus de volant en cuir. Un moteur? Oui, sûrement. Mais pour quoi faire, dans le fond? C'est sale et ça ne sent pas bon, un moteur, ça use les voitures, c'est plein de graisse. Le moteur, dans la voiture, c'est comme le cul dans l'homme, ça se cache. Et puis, ça doit le dégoûter de voir un pompiste maculé de cambouis verser de l'essence dans son beau réservoir nickelé, ça doit le rendre malade de devoir aller dans une station d'essence. Alors, au bout du compte, le seul liquide que lui coûte l'entretien de sa préciosité, c'est l'eau savonneuse de sa douche quotidienne. Avec la messe tous les matins à six heures, son emploi du temps est bien rempli.

Dou descend pour lui dire bonjour. C'est son frère, après tout. Moi, pas question. Je sens que si je viens respirer trop près de sa fiancée, je risque d'oxyder la carrosserie et qu'il va rire jaune. Et puis je ne suis pas chez moi, ici. Je suis invité. Ce n'est pas à moi d'aller serrer des mains. Alors à mi-chemin, les bras ballants et les pieds dans la saumure, je prends à gauche et j'entre directement chez Désiré et Aphrodise.

Apparemment, il n'y a personne. Ou ça fait la sieste. Dou et moi, on est arrivés les premiers. Menu fretin. Pas de quoi se déranger, on ne va pas faire donner les cuivres. Je vais attendre dans le sous-sol. Ça doit être la seule pièce à peu près fraîche de la maison.

En effet. Fraîcheur peut-être, mais alors quelle ambiance! Ça fait un choc! Il règne là-dedans une atmosphère de fin du monde. Une odeur indéfinissable, lourde, collante. Une espèce d'odeur écœurante, une odeur de vieux, amplifiée par la chaleur. Je m'arrête à l'entrée, rebuté par la puanteur. J'enlève mes lunettes, pas la peine de jouer la star, ici, il n'y a pas un rat. Et puis, des lunettes noires dans ce trou, ce n'est pas vraiment utile.

J'y vois mieux, maintenant. Je ne sais pas à quoi il sert, le reste de la maison, mais ici, ça m'a l'air d'en être un condensé, à la fois cuisine, salle à manger, buanderie, garage, dépotoir... Au fond, j'aperçois un évier, avec deux ou trois assiettes sales qui traînent. À côté, un grand bidon métallique, sans couvercle. Il y a une odeur qui sort de là, encore, mais ce n'est pas l'odeur qui m'a frappé en entrant. Ça, c'est une vulgaire odeur de poubelle. Épluchures, bouts de gras et têtes de poissons... Non, l'odeur, l'autre, c'est autre chose, quelque chose de vivant...

Tout près de l'évier, il y a la cuisinière. Une vieille cuisinière à gaz, avec sa bouteille de butane. Il y a encore une casserole dessus, avec de l'eau à mi-hauteur. Dedans, des cochonneries vagues et grises qui trempent. Légumes quelconques. D'hier?... Une paillasse avec d'autres casseroles, des gamelles, des plats. Et aussi un petit réchaud à pétrole, tout au fond, dans un coin plus sombre, avec une gamelle bosselée en équilibre dessus. Pleine. Ça mijote. Ça sent furieusement le poisson. Du poisson qui n'aurait pas vu la mer depuis longtemps...

De l'autre côté il y a une machine à laver, avec un panier de linge sale débordant. Odeur, encore. Odeur humaine, cette fois, rance, de sueur et de fond de culotte. Le linge, ici, c'est vrai qu'il n'a jamais le temps de sécher. Trop d'humidité dans l'air, même la chaleur ne suffit pas. Au contraire, elle favorise l'incrustation. Les odeurs, elles aiment ça. Elles en profitent salement, les vaches, elles sentent tant qu'elles peuvent, épaisses, visqueuses. On a l'impression qu'on pourrait marcher dessus...

Pour le reste, un peu partout, c'est une débauche de torchons sales et de chaises dépareillées, boîte à outils, tondeuse à gazon, cannes à pêche, vieux siège de voiture, empilements de choses et de machins, bastringues, tout un bazar... Machinalement, je me dirige vers le réchaud. Je me demande ce qui peut bouillir là-dedans, tout seul, sans personne pour surveiller...

Et puis, d'un seul coup, ça y est! Je trébuche dessus! L'odeur explose alors, mortelle, fulgurante, avec une nuée de mouches! J'ai un haut-le-cœur. C'est

comme si j'avais marché sur un cadavre qu'on vient
de sortir du marigot après trois semaines, le ventre
gonflé, rotant des gaz putrides. J'ai l'estomac qui se
décolle, qui fait des huit, le nez comme si on essayait
de m'enfiler un os dedans... Ce n'est pas humain,
comme abomination!

Ce n'est pourtant qu'un chien, mais un chien
dantesque, à moitié mort, qui a l'air d'agoniser là, sur
le ciment. Une bête à concours, dans le genre
jurassique batracien. Fossile vivant. Enfin, vivant...
C'était donc ça, la putréfaction! Mais comment ça
peut cogner autant sans qu'on réagisse! La four-
rière!... L'équarrisseur!... Et d'où il sort, ce clébard
cauchemardeux? À ce point-là, ce n'est plus une erreur de la nature, c'est de la science-fiction, du deli-
rium tremens, l'ultime délire d'un foie insomniaque
et flatulent! C'est le chien infernal de la planète mer-
deuse, le microbe intégral, l'envahisseur indestruc-
tible, celui qui empoisonne l'atmosphère et te force à
aller te cacher sous la terre pour pas te faire désin-
tégrer... Il n'a même pas aboyé, le monstre, pas
bougé! Il se contente de lever vaguement les yeux
vers moi, deux grosses boules de gélatine suppliantes
et humides. Il pue tellement, tellement... On dirait
que ça lui suffit, comme moyen d'expression. C'est
atroce...

Pauvre bête, quand même! Elle a peut-être faim,
je me dis. Il y a bien cette gamelle, là-bas, au fond de
ce cloaque, qui pue presque autant que lui... Un peu
de charité. En me pinçant le nez, j'enjambe le monstre et fais trois pas, j'attrape la casserole, en la tenant

à bout de bras pour ne pas crever asphyxié, et je vais la déposer doucement sous le nez du chien.

C'est comme un déclic. Cette bête, qu'on aurait cru totalement impotente, définitivement molle, émet soudain une sorte de chuintement liquide et se redresse sur ses pattes en s'ébrouant péniblement, en quatre temps, une patte à chaque fois. C'est étonnant. J'ai l'impression, en suivant ses mouvements, de *voir* la pesanteur à l'œuvre! Et puis la tête informe se plonge jusqu'aux oreilles dans la casserole et je n'entends plus rien qu'un répugnant bruit de succion, comme si le chien, pour avaler cette soupe épaisse, n'avait pas une gueule mais une ventouse…

J'en suis là de ma contemplation quand un hurlement me vrille les oreilles. Je relève brusquement la tête. Perpétue est là, debout dans l'entrée, essoufflée, suffoquée, vacillante. Je ne l'ai pas entendue arriver. Elle se tient raide, frémissante de colère, le visage écarlate. Grenat, plutôt. Cramoisi. Mais quelle colère, quelle honte? Va savoir… Sans un mot, elle se jette sur la gamelle du chien et la saisit d'un geste tellement vif que, pour un peu, elle lui arracherait les oreilles! Puis elle repart aussi sec vers sa maison, d'un pas saccadé, les fesses tétanisées, la casserole vide à la main. Elle n'a pas prononcé une parole.

Je ne sais pas qui de nous deux, du chien ou de moi-même, a l'air le plus ahuri. Merde, mais qu'est-ce que j'ai fait, encore? Qu'est-ce qui a pu se passer? Où est l'erreur, où est le drame? Enfin, quoi, il est au régime, ce chien? Il aurait fallu l'installer à table, avec une serviette autour du cou? Les chiens de vieilles dames mènent une vie assez mondaine, je sais, mais enfin, il n'y a pas de quoi en faire un fromage! Et puis vu la gueule du chien, franchement...

Bon, Perpétue a disparu en tout cas, et moi j'en ai soupé, du chien et de sa tanière. Je fiche le camp à mon tour. De l'air! Plus que trois pas vers la lumière...

C'est à ce moment-là que je l'aperçois, enfin, l'espace d'une seconde. Sans même m'arrêter. Une momie, une vieille toute décharnée, scotchée dans un fauteuil roulant, comme la mère d'Anthony Perkins dans *Psychose*. Morte? Je ne veux pas le savoir. Elle est là, tout au fond, dans l'ombre, entre la tondeuse et quelque chose qui a dû être un frigo. Je l'avais prise pour une vieille ferraille. Je ne sais même pas si elle m'a vu. Elle n'a pas bougé, en tout cas. Je m'en fous, je suis déjà dehors.

Je me retrouve sur le ciment nu de la terrasse. C'est un four, cette terrasse, avec un soleil méchant qui te rabote la tête, qui te passe les yeux au papier de verre. Mais il y a quand même un avantage, à cette heure-ci de la journée : les moustiques, ils crèvent aussi. Ici, tu choisis ta mort. Le soleil ou les moustiques. Tous les deux, ils te piquent, ils te brûlent, ils te râpent jusqu'à la moelle. Ils te laissent comme l'Inquisition. Sans la peau.

Je repense à la vieille que je viens d'apercevoir dans le sous-sol. Les moustiques, elle, ça ne doit plus rien lui faire. Ce n'est pas de la peau, qu'elle avait, c'est du parchemin. Je me demande ce qu'elle faisait là, sur sa chaise à roulettes, oubliée du monde, avec ce chien de cauchemar. Drôle d'idée. Est-ce qu'ils cacheraient des vieilles dans leur sous-sol, pour une soirée à thème, pour une espèce d'halloween? Où est-ce qu'ils l'ont trouvée? Qu'on vole des enfants pour leur piquer les reins ou les yeux, je veux bien, mais des grands-mères, surtout des qui ne marchent plus toutes seules, non, je n'arrive pas à y croire. Il n'y a vraiment plus rien à récupérer chez une vieille comme ça, même pas une dent en or. C'est le déchet intégral, l'épluchure minimale... Elle ne pourrait même pas servir d'engrais...

Je file dans le jardin. On est arrivés trop tôt, c'est sûr. Je n'aurais pas dû entrer là, pas dû la voir... Peut-être qu'ils n'ont pas eu le temps de la ranger, de la planquer ailleurs. Le musée des horreurs... Mais c'était qui, bon sang, cette vieille invraisemblable? Sur quoi je suis tombé, sur quel secret de famille?... Sueur désagréable... L'impression d'être entré par erreur dans les cabinets de la dame avant qu'elle ait eu le temps de remonter sa culotte...

DOU

La visite de cette maison n'en finit pas. Je me demande où est passé Monch. Il avait l'air de s'ennuyer comme une pierre. Je sais, il s'ennuie toujours, ici, ailleurs, n'importe où. J'y suis habituée. Mais ici, davantage. L'ennui, c'est le contraire de la misère : il me semble qu'il est plus pénible au soleil...

Heureusement, Aphrodise vient de me laisser tomber subitement, en plein milieu de la visite de sa salle de bains. J'admirais cette pièce somptueuse, cette pièce magique. Dorures, verrerie, ors et lumière... une vraie caverne d'Ali Baba. Bien sûr, personne n'a le droit d'y entrer pour ne pas salir. Désiré se contente d'une douche à l'extérieur, avec le tuyau d'arrosage que son père lui a installé près du mur de derrière, et Aphrodise, qui doit s'occuper de Bertinotte, et du repas de Désiré, et du linge de Désiré, et du repassage de Désiré, et du café de Désiré, en plus de son propre travail, elle n'a pas vraiment le temps d'en profiter. C'est dommage, cette salle de bains magnifique reste un chef-d'œuvre inutilisé. Tout comme la voiture d'Andoche, ce bolide immobile.

La seule pièce occupée de la maison, c'est apparemment une petite chambre au dernier étage. Aphrodise m'a demandé de ne pas faire de bruit, quand nous sommes passées devant la porte, tout à l'heure, l'air un peu alarmée, comme si elle avait eu peur de réveiller je ne sais quel monstre endormi à l'intérieur. Désiré n'est pourtant pas encore rentré, elle me l'a dit. Qui est là-dedans, alors? Bertinotte, je l'ai vue assise dans la cuisine, muette, les mains sur les genoux et les yeux sur le carrelage. — Allons, ne reste pas dans nos jambes, elle a dit, Aphrodise. Pauvre gamine, je ne l'avais même pas entendue respirer! En tout cas, ce n'est pas elle qui est là. Pourquoi ne faut-il pas faire de bruit devant cette porte entrouverte, alors? Qu'est-ce qu'ils y cachent? Le cœur de la maison, le saint des saints, la chambre qu'on peut salir rien qu'avec les yeux…?

D'accord, la maison de nos parents est un peu mitée, mais de là à faire construire ce monument aux morts, ce mausolée où vivre a l'air d'être un péché mortel… Désiré n'était pourtant pas spécialement ambitieux, quand il était jeune, au contraire. Il aurait été heureux sans chemise, dans un simple bungalow en bois où rien ne risque de s'abîmer, où le ménage se fait tout seul, où il suffit de laisser les alizés traverser la maison. Quelle prédisposition au malheur a pu le pousser à s'enfermer dans une maison pareille, toute remplie de merveilles interdites? Même respirer y est un délit…

Cette obstination à se mettre dans des situations insupportables est vraiment un vice familial. Ça me fait penser à mon père et à ses chaussures. Quand j'imagine la tête qu'il va faire, lui, toute la soirée, parce qu'il s'obstine à porter des souliers trop petits pour lui! J'ai pourtant bien essayé de lui faire acheter des chaussures à sa pointure, autrefois, mais il m'a envoyée promener. Il croyait que je me moquais de lui. Il refuse d'acheter de nouvelles chaussures. Il souffre le martyre chaque fois qu'il les met, et pourtant il s'obstine à ne pas en acheter d'autres. Parce que ce sont ses chaussures, dit-il, et qu'il n'a pas besoin d'une seconde paire, il sait ce qu'il fait. Par pitié, qu'on lui fiche la paix! Il a assez mal aux pieds comme ça sans qu'on les lui casse par-dessus le marché!

Ma mère a renoncé depuis longtemps à lui faire des remarques sur ce sujet. Moi aussi. Il n'y a que Chérie pour mettre le feu aux poudres de temps en temps. Leur naïveté à tous les deux n'en finit pas de m'étonner. Rien que pour lui prouver que c'est lui qui décide et qu'il a le droit de faire ce qu'il veut sans que sa propre fille lui fasse des réflexions désobligeantes, Papa serait capable de les mettre tous les jours, ces instruments de torture. Ça ne changerait probablement pas grand chose, d'ailleurs. Ses chaussures sont une goutte d'eau dans le tonneau des Danaïdes qu'est son aptitude à la souffrance. Il râle, il hurle, il semble toujours prêt à éclater, mais il refuse de s'y soustraire. C'est triste et fascinant à la fois. Il y a en lui une telle provision de mauvaise humeur qu'elle aurait pu s'exprimer avec génie dans la violence, dans la haine, dans le crime... Mais non. Chez lui, l'exaspération est détachée, sans objet, sans résultat. Elle se manifeste à l'état pur... Il aurait pu être un tortionnaire, mais il ne supporte pas les victimes. Il préférerait se couper la main plutôt que de donner une gifle. Un héros, dans son genre. Quand je pense à ce qui l'attend ce soir...

Aphrodise m'a laissée en me recommandant de ne pas glisser sur les dalles de l'escalier, qu'elle vient de laver pour la deuxième fois de la matinée. C'est que Désiré vient d'arriver. Il s'est signalé par un coup de klaxon que je n'ai pas entendu, mais qui ne lui a pas échappé. Le signal est impératif. Pas question de traîner. Il s'agit de faire vite, très vite, de tout laisser en plan et de filer ouvrir la grille d'entrée, de flatter la voiture d'une main, le mari de l'autre, de le plaindre un peu parce qu'il a l'air fatigué et de faire taire Bertinotte, qui pourtant ne dit rien ...

En repassant devant la porte muette, je m'arrête un instant. Il me semble que quelque chose a changé depuis tout à l'heure. Elle est maintenant fermée. Aphrodise est pourtant descendue d'une seule traite, sans ralentir. Il y a donc quelqu'un à l'intérieur. Je m'approche, colle mon oreille contre la porte. Qui? Quelqu'un de la famille?

Est-ce que ça a quelque chose à voir avec ce qui s'est passé dans la matinée? Je ne sais d'ailleurs pas de quoi il s'agit. On ne m'a pas tenue au courant, mais l'ambiance est électrique, et pas de la façon habituelle. J'ai trouvé ma mère un peu froide, au téléphone, ce matin. Je lui ai demandé s'il y avait un problème et elle m'a répondu que non, en grognant, d'une manière qui voulait clairement dire oui. Et pourquoi m'a-t-elle demandé si Monch était sorti seul ce matin? C'est bien la première fois qu'elle s'intéresse à lui. Elle ne l'aime pas, je sais, mais d'habitude elle se contente de l'ignorer. Qu'est-ce que ça peut lui faire, l'emploi du temps de Monch? De quelle vilenie est-ce qu'on le soupçonne encore? Je ne tiens pas le compte de ses allées et venues.

Bah, qu'importe, après tout. Puisqu'on m'abandonne ici, je vais tâcher de rejoindre Monch. Il a disparu quand je suis allée dire bonjour à Andoche. Il ne doit pas être difficile à trouver. Dehors il fait trop chaud, dedans il n'est pas à l'aise. Je suppose qu'il est allé se réfugier dans le sous-sol. C'est bien la seule pièce vivable de cette maison, d'ailleurs, c'est ici que tout se passe, la cuisine, la lessive, les repas… Dans la cuisine du haut — un modèle de modernisme — Aphrodise a peur de faire des taches sur le faux marbre et le lave-vaisselle fait un bruit qui gêne Désiré pour sa sieste. Alors elle trouve plus pratique d'utiliser celle du bas, qui sert aussi de buanderie, de débarras, et même de salon pour Grand-mère.

Ma mère y vient cent fois par jour pour vérifier si tout va bien, si Désiré n'est pas malade, si Aphrodise n'a pas besoin de quelque chose, si elle s'en sort, ou encore comme ça, sans raison, pourquoi pas? À chaque fois, pour ne pas être venue pour rien, comme elle dit, elle passe un coup de balai, de torchon, de serpillière, elle récure, lave, épluche, cuit, mitonne, fait bouillir d'incroyables quantités d'ignames — que Désiré a toujours détestées — elle range, frotte, fait briller… Mais si Aphrodise ose lui faire remarquer que ce n'est pas la peine de se donner tout ce mal, et qu'elle pourrait rester chez elle pour se reposer, voilà Perpétue qui embouche les trompettes de la désespérance. À ce sport comme ailleurs, elle semble inépuisable. Il n'a rien entendu, le mur des lamentations! Et c'est ainsi qu'on la remercie de rendre service! Et vraiment il n'y a plus d'enfants, et si ce n'est pas malheureux, une aussi bonne nourriture, alors qu'il y a des millions d'innocents qui meurent de faim et qui n'ont plus de parents pour les aimer!...

J'ai bien essayé de lui expliquer, un jour, que ces innocents-là ne mourraient pas moins de faim quand bien même sa progéniture se gaverait d'ignames à s'en crever la paillasse, et qu'elle pouvait laisser Aphrodise s'occuper de son ménage elle-même. Mais dans ces cas-là, ma mère explose. Comment donc! Elle qui se sacrifie du matin au soir pour ses enfants, elle qui a renoncé à sa tranquillité, à son repos, à sa vie pour leur venir en aide... et maintenant, en regard de ce dévouement de chaque instant, de ce sacerdoce, de cette abnégation, on voudrait la reléguer chez elle comme une vieille chaussette? On veut donc sa mort, à elle qui a donné la vie! Je connais la chanson. Plus moyen de l'arrêter, il n'y a rien à faire.

On ne peut pas raisonner une personne aussi passionnée que ma mère, surtout quand passion, chez elle, s'entend avec un P majuscule. Elle te décrit l'enfer comme si elle y avait été, et Dieu et son juste courroux comme si elle prenait le thé avec lui tous les dimanches. Elle ne pourrait pas vivre sans porter une croix, sa croix, assemblée, clouée et rabotée par ses soins. Lourde à souhait, râpeuse, pleine d'échardes. Bien sûr, elle ne se rend pas compte qu'elle est elle-même la croix de sa belle-fille, et celle de Désiré et de quelques autres mais, de toute façon, cela ne changerait probablement rien. Pour elle, les choses sont simples. La vie est une vallée de larmes, la vie est une souffrance, la vie est un calvaire. Il y en aura pour tout le monde! Pour Aphrodise aussi. Jésus a souffert pour nous, c'est bien notre tour... Et puis Aphrodise, franchement, sans belle-mère sur le dos, pourquoi vivrait-elle? Même si j'ai éprouvé un peu de pitié pour elle, au début, je suis bien obligée d'admettre que c'est Monch qui a raison. Les gens ne vivent plus dès qu'ils cessent de se torturer eux-mêmes. Tout le reste leur paraît fade. Ils s'ennuient. Ils meurent. C'est pour ça que Monch s'ennuie, lui. Parce qu'il n'a aucune prédisposition pour le masochisme et qu'il refuse de se créer des problèmes. Il lui manque cet élan vital...

C'est peut-être pour cette raison qu'il intrigue tellement ma famille, et ma sœur en particulier. Quand Chérie en a fini avec les malheurs des autres, elle s'attaque à Monch. Et pourquoi il est comme ça, et qu'est-ce qu'il fait, et qu'est-ce qu'il pense, et où est-ce qu'il va, et pourquoi il ne dit rien, et qu'est-ce qu'il a donc à cacher? Et pourquoi il s'appelle Monch, hein?... Elle est persuadée qu'il veut se donner un genre, que c'est un surnom de bandit. Je ne l'ai pas détrompée. Pourquoi faire? Lui-même, ça ne le gêne pas que je l'appelle ainsi. Mais ce n'est pas lui qui s'est donné ce nom, c'est moi. Monch, ça veut dire mon chéri. Tout simplement. Mais ça, les autres ne le savent pas...

Tout en descendant l'escalier, je me demande où est passé le chien de Grand-mère. Enfin, le chien. On dit généralement le chien de Grand-mère parce que personne d'autre n'en veut et que Grand-mère, qui ne parle plus, ne peut plus contredire qui que ce soit. Mais ce chien n'est à personne en particulier. Il est arrivé là un jour, chien battu, chien maltraité ou abandonné comme la plupart des chiens antillais. Il restait des os de poulets, Papa les lui a mis dans une gamelle, le chien est resté. C'est Chérie qui l'a baptisé. Valentino. Elle prétend que le nom des gens a une influence sur leur caractère, et que celui-ci serait le premier pas vers sa guérison, vers son accession au stade de chien heureux. Effectivement, il est devenu chien gras, chien flasque, presque impotent. Mais toujours aussi peu chien, dans le fond. Il n'aboie jamais. Sa seule activité, quand il n'engouffre pas les divers déchets de la maison, consiste à se traîner péniblement d'une marche à l'autre, à s'affaler lourdement contre un pneu de voiture (au grand désespoir d'Andoche) ou à s'étaler comme un sac éventré au beau milieu du passage. J'ai envie de rire, chaque fois que je le vois. Il n'a pas de visage, sa tête n'est qu'un amas de plis indistincts, je crois même qu'il n'a plus de dents. Quand il mange, en tout cas, il ne fait pas le même bruit que les autres chiens. On n'entend qu'un affreux bruit de succion, comme quand quelqu'un marche dans la boue avec des bottes de caoutchouc. Valentino! Même Papa a ri quand on l'a baptisé ainsi...

Monch ne le connaît pas, ce dernier monstre du cirque familial. À ce jour, il est toujours passé à côté parce que, quand Chérie ou moi revenons pour les vacances, on exile Grand-mère pour quelque temps chez tonton Léobard, qui est généralement ici à la même époque, et comme Valentino la suit partout, Monch a toujours échappé à cette catastrophe ambulante. Il faut dire que, comme odeur, c'est assez extraordinaire. C'est tout bonnement immonde. Et pourtant, ça fait des années que c'est l'odeur de la maison. Elle fait partie des calamités qu'on a appris à subir avec résignation, comme les cyclones. Papa, lui, prétend qu'il ne sent rien et que nous ne sommes que des délicates gâtées par la vie citadine. Personne ne le croit, à commencer par lui-même. S'il dit cela, c'est plutôt pour justifier le fait qu'il se refuse absolument à laver le chien. Laver un chien, pour lui, ce serait aussi incongru que de donner de la gelée de goyave à un bœuf. Le chien reste donc ainsi, pourrissant au soleil dans son nuage de mouches et de pestilence.

Je me suis demandé, d'ailleurs, si les véritables raisons des déménagements de Grand-mère n'étaient pas liées davantage à son chien qu'à son bien-être. Tout de même, Grand-mère fait partie de la famille, de ma famille. Ça me fait plaisir de la revoir, bien que sa maladie la rende probablement insensible à toute présence. C'est ma grand-mère, je n'en ai qu'une, j'en ai profité tout au long de mon enfance, et même si elle s'est enfoncée depuis quelques années dans cet état quasi végétatif, je ne vois pas pourquoi on l'éloigne ainsi de nous. On pourrait éloigner le chien, plutôt. Et même. Nous ne sommes pas si délicates que Papa veut bien le dire. Pas au point de nous priver de vacances chez nos parents à cause d'un chien qui pue.

Je me rends compte que je n'en ai jamais parlé à Monch. Pas du chien, seulement. De ma grand-mère non plus. Je n'ai pourtant rien à lui cacher. Je n'ai pas honte de la maladie de ma grand-mère, je n'ai pas honte non plus de son chien, mais s'il y a une chose qui ne l'intéresse pas, ce sont bien les histoires de famille. Il ne me parle jamais de la sienne, lui. Il n'en a pas plus honte que moi, certainement, mais sa famille ne l'intéresse pas, et celle des autres encore moins. Il ne connaît que Chilou et Chérie et, si je lui ai déjà parlé de mes autres frères, c'était surtout pour l'amuser. Mais pourquoi lui aurais-je parlé de ma grand-mère? Elle n'est plus tout à fait de ce monde. Autrefois, déjà...

D'aussi loin que je me souvienne, Grand-mère m'a toujours semblé vieille. Même du temps de mon grand-père, elle avait cet air sec et absent. Il est vrai que sa vie n'avait rien de réjouissant. Trompée, abandonnée, méprisée, son existence n'a été qu'un immense vide ponctué d'incessantes vexations. Son état actuel n'est en fait que l'aboutissement logique d'une interminable suite de misères. Quand on a eu une vie aussi pauvre, je veux dire aussi pauvre en événements, et qu'on a toujours été aussi effacé, ce n'est pas difficile de devenir l'ombre de soi-même. Tout le monde la croit malade, mais ce n'est pas un hasard si personne ne sait exactement de quelle maladie elle est atteinte.

Chacun a sa propre version. Grand-mère, c'est le miroir des obsessions de chacun, de la même façon que son chien est le réceptacle de toutes les tares, de toutes les infections. En fait, si Grand-mère ne marche plus, c'est qu'elle n'a besoin d'aller nulle part, et si elle ne parle plus, c'est parce qu'elle n'a rien à dire. C'est une chose difficile à admettre dans cette famille de bavards. Et quand je dis famille, je pense à la famille humaine tout entière. C'est pourtant si simple, de se taire. Si confortable.

Bah! Tant pis pour eux... En tout cas, Monch ne s'intéresse déjà guère aux vivants, je ne vois pas ce qui pourrait attirer son attention chez cette vieille dame qui a sombré depuis longtemps dans l'hébétude la plus totale. Encore que, peut-être... Je le trouve parfois si végétal lui-même...

Ah, j'entends du bruit. Ça vient de la terrasse, celle qui donne sur le sous-sol. Enfin du monde? Une voiture est garée là, portières grandes ouvertes. Une grosse BMW avec des vitres teintées. Ça, c'est signé. On est grand ou on ne l'est pas... C'est la voiture de location de mon oncle Léobard. Il a dû arriver pendant que j'étais là-haut. Je me demande pourquoi il s'est arrêté juste devant le sous-sol, ce n'est pas son genre. Il y a des bruits de voix, à l'intérieur, de raclements sur le sol, de chocs sur des bidons, comme si on essayait de déplacer quelque chose de lourd. Peut-être qu'ils se sont décidés à la nettoyer, cette cave. Mais pourquoi Léobard? On dirait qu'ils se font la guerre, là-dedans...

Enfin ils apparaissent. Léobard et mes parents. Maman s'agite dans tous les sens, elle donne les ordres, elle commente, elle pousse, elle tire, elle soupire. Rugissements et postillons. Sous ce feu nourri, impavide, Papa tire sur quelque chose. Ou il fait semblant. Impayable Pilade, en souliers vernis et costume gris, comme pour un enterrement! Et pour compléter le tableau, Léobard, Léobard qui est le chef, Léobard qui a fait des études supérieures, Léobard qui sait, Léobard qui fait exactement le contraire de ce que lui ordonne sa sœur... Tous les trois s'acharnent sur quelque chose qui a l'air pesant et fragile. Et puis ils sortent complètement, et je vois enfin ce que c'est. C'est le fauteuil de Grand-mère. Avec Grand-mère assise dessus. Immobile, muette, complètement étrangère à tout ce raffut. Je ne sais pas si je dois proposer mon aide. Papa m'aperçoit. Je l'aurais surpris avec la main dans la culotte de la bonne, il n'aurait pas fait une autre tête... Sourire. Je fais un petit signe de la tête. Pas de réponse. On ne dérange pas les gens qui travaillent...

Enfin, tant bien que mal, ils finissent par amener le fauteuil à côté de la voiture. Ils s'énervent, ils se disent des mots pas tout à fait aimables. Ils débarquent Grand-mère, ils la tirent, la poussent, la déplient, l'écartèlent, toujours en se donnant des ordres contradictoires. Au bout d'un moment, transpirant comme un fromage, Léobard passe de l'autre côté de la voiture, ouvre la portière, s'engouffre à l'intérieur. Il attrape Grand-mère par un bras et tire. Quelqu'un hurle. Non, ce n'est pas Grand-mère. C'est Maman! Maman qui hurle comme si on lui avait arraché le bras, en demandant à son frère comment il peut traiter sa mère comme un vulgaire paquet, et qu'il n'a donc aucun respect, et qu'il n'est qu'un bon à rien! Léobard, il fait la gueule. Il n'aime pas qu'on lui parle sur ce ton.

Finalement, ils arrivent à arrimer la pauvre vieille, bardée de ceintures, sur la banquette arrière. Là, ça va vite. La chaise roulante est repliée et placée dans le coffre. Les portières claquent. Léobard passe à l'avant et prend le volant, Papa s'assoit à côté de lui, l'air accablé. Ma mère remarque enfin ma présence et m'explique la situation. — On l'avait oubliée, tu comprends. Mais à son âge, elle ne peut pas rester ici. Tout ce bruit, toutes ces allées et venues, ça la gênerait. Elle a surtout besoin de repos. C'est pour son bien...

Voilà, c'est tout. Léobard démarre, Perpétue court derrière la voiture, va savoir pourquoi. De l'autre côté de la rue, j'aperçois la tête de Désiré qui se découpe dans la vitre ouverte de sa voiture. Il a l'air de mauvaise humeur. Bien sûr, il a dû attendre que la BMW soit sortie pour entrer à son tour. Ce genre d'imprévu lui complique la digestion, qu'il a déjà laborieuse. Son ulcère marque des points. Aphrodise, visage crispé, est cramponnée à la grille. Elle a accroché un sourire douloureux et compatissant sur sa figure. Elle et Désiré vivent en symbiose, ils partagent leurs coliques...

Leurs masques de tragédie me fatiguent. On verra plus tard pour les embrassades, je reviendrai quand ça se sera calmé. Je tourne le dos et m'éloigne vers la pâture à vaches. C'est vrai que c'est reposant, les vaches. Rien ne ressemble plus à un bouddha qu'une vache qui digère. Quel calme, ici!

C'est là que je finis par retrouver Monch, allongé sous un cocotier, la braguette à demi ouverte. Il est incorrigible! Je lui ai pourtant dit cent fois que c'est dangereux. C'est lourd, un coco, quand ça tombe.

Il me sourit, se lève, se reboutonne lentement en rentrant le ventre. Et, tranquillement, nous repartons vers la maison. L'effervescence est retombée, on dirait. Tout le monde a disparu.

Machinalement, nous entrons dans le sous-sol pour y chercher un siège à l'ombre. Mais, au lieu de s'asseoir, Monch se met à tourner en rond, à regarder autour de lui. Il a l'air étonné. — Tu cherches quelque chose? je lui demande.

– Non, non, pas vraiment, il fait en reniflant. Puis il ajoute : C'est drôle, l'odeur est encore là, mais le chien a disparu…

Je lui explique que mon oncle Léobard est venu chercher ma grand-mère pour la ramener chez lui, à cause de la fête. Je lui raconte la scène. Il me regarde, l'air effaré.

— Non, c'est pas possible! Ils ont pas osé! Ils ont pas flanqué ce clébard invraisemblable dans la voiture, avec la vieille? Ah, les monstres!

CHILOU

Je me sens mieux. Tous ces jours-ci, je n'étais pas dans mon assiette. Un peu lourd, pâteux. Tout tartiné de l'intérieur, l'impression d'être une dinde farcie... J'ai toujours besoin d'un peu de temps pour me réaccoutumer à cette maison. Quelques jours après mon arrivée, ça y est, j'ai déjà pris cinq ou six kilos, j'ai le ventre comme un ballon sonde, je transpire de l'huile... Maman a toujours peur que je manque et elle me gave comme une oie.

J'avoue que c'est assez agréable. Ça me change du restant de l'année, sandwiches et hamburgers, et encore, quand j'ai le temps. Les filles n'aiment pas qu'on leur parle la bouche pleine. Alors d'un seul coup, en arrivant ici, au soleil, j'ai l'impression de renaître. Ou de retomber en enfance, c'est la même chose. Mon petit déjeuner est prêt chaque matin, mes vêtements propres et repassés au pied de mon lit. Je suis à peine debout que Maman est déjà là pour savoir ce que je veux manger pour midi. Quand je ne mange pas, je pense à ce que je vais manger. C'est très reposant, une vie exclusivement abdominale. Se contenter d'exister entre le diaphragme et le gros côlon...

Ça commence le jour même de mon arrivée. Les embrassades, que dis-je, les étreintes forcenées de Maman… Et puis, après les effusions, l'inquiétude. Elle fait un pas en arrière. Son front se creuse soudain d'une ride soucieuse. Elle jauge son grand fils d'un air inquiet. Son bébé, si beau mais si fragile… Elle me palpe, me triture, pour un peu elle m'ouvrirait la bouche pour compter mes dents… Mais non, il n'en manque pas une. — Il a un peu maigri, peut-être? Qu'en penses-tu, Pilade? Pilade ne répond pas. Pilade n'en pense rien. Pilade ne pense pas. Il encaisse. Pauvre Papa! De toute façon, Maman n'attend pas de réponse. Elle reprend ses manipulations, et puis elle file à la cuisine pour me préparer quelque chose. J'ai l'air tellement pâle!

Après le déjeuner, elle me caresse le ventre. Ça la détend, manifestement. Pas besoin d'un animal. Faut dire que le chien, ici… Elle me donne du plaisir comme elle peut, c'est son bonheur. Ça me rappelle les jours d'autrefois, quand j'étais petit. Parfois, quand je n'avais pas envie d'aller à l'école, je lui disais que j'étais malade. Je prenais un air piteux, je devenais le plus vert possible, je me recroquevillais au fond de mon lit et, au bout d'un moment, elle venait m'y rejoindre, le visage défiguré par une sorte de grimace faite de compassion et d'anxiété. Elle est comme ça, ma mère. Quand un de ses enfants est malade, c'est elle qui a mal. Et pas qu'un peu! Elle en a des coupements de ventre, des féroces.

Alors elle me caressait le front, le visage, la poitrine. Sa main descendait jusqu'au ventre. Elle la passait sur moi comme un soldat promène son détecteur

de mines sur un terrain truffé d'explosifs. On aurait
dit que ses doigts cherchaient sur mon corps les tra-
ces de la maladie qui me clouait au lit. Elle enfonçait
ses doigts doucement, les répandait, les étalait sur ma
peau comme une mélasse tiède... Du vert, je passais
au cramoisi. Quand je ne pouvais plus dissimuler
mon plaisir, brusquement, je me roulais en boule et
je me blottissais contre elle en gargouillant. Je devi-
nais l'affolement que provoquait en elle ce qu'elle
prenait pour des gémissements de douleur, pour
l'apogée de la crise, pour une éruption interne et dé-
vastatrice de glaires boucanées, une émeute inopinée
et sanglante dans ce monde inconnaissable qu'est
pour elle l'intérieur d'un ventre, avec ses conspira-
tions d'intestins malveillants, ses grouillements de
viscères incontrôlables, ses essaims d'invertébrés
monstrueux soudainement réveillés dans leur sommeil de bêtes sauvages pour se ruer à l'assaut de mon
corps et le lacérer, le ravager, le submerger sous leurs
épanchements subversifs. J'en rajoutais, évidemment,
je me faisais jaune, gris, et elle me serrait encore plus
fort, elle me broyait entre ses bras nerveux, elle
m'écrasait contre son ventre, contre ses seins, et je
me perdais dans cette chaleur moite, je me diluais
dans son odeur forte et la sueur abondante causée par
son angoisse...

Ce matin, j'ai cru retrouver cette époque. Bon, il
faut le dire, j'avais une chiasse carabinée. La figure un
peu jaune, le foie chiffonné. Ballonné, gazeux, quatre
fois par jour aux cabinets... Évidemment, gavé
comme une oie par une mère poule qui me soigne à
coups d'omelettes de quatre œufs, chaque matin,

noyées dans des soupières de chocolat chaud vita-
miné, et les bananes au sucre, et les marmites de
soupe grasse, et encore un petit bout de pudding...
Une indigestion carabinée! Le foie engorgé, les intestins comme le métro un jour de grève des taxis...

Quand Maman est venue me voir dans ma chambre, après son café, j'ai pris mon air le plus terreux
possible. Ça n'a pas raté. Elle a aussitôt été défigurée
par ce rictus avec lequel elle essaie d'exprimer des
sentiments qui la dépassent et la bouleversent, et elle
a commencé à me palper. Si elle continue comme ça,
je me disais, elle va en avoir plein les doigts! Mais je
ne pouvais quand même pas lui dire de faire attention, que j'étais prêt à me liquéfier... Je rougissais
déjà par les oreilles, le reste allait venir... Pour faire
diversion, je lui ai demandé si elle n'avait pas un de
ces remèdes de bonne femme, de ceux d'autrefois,
qui sont souvent si efficaces. Elle s'est redressée aussitôt. Bien sûr qu'elle en connaissait un, de remède!
Moi aussi. Je me souviens parfaitement, elle l'utilisait
souvent, quand j'étais petit. La gousse d'ail! C'est
miraculeux, instantané, rédhibitoire! Ça te vitrifie
une diarrhée le temps de le dire!

Ni une ni deux, elle a foncé dans la cuisine pour
me préparer son petit cocktail. Facile. Il faut prendre
une gousse assez grosse, bien ferme, et la faire tiédir.
Le plus simple, c'est de la faire chauffer dans de
l'huile après l'avoir épluchée. C'est souverain, c'est
doux, ça glisse comme un bonbon... À une époque,
je me rendais malade exprès, en me gavant de pruneaux jusqu'à faire sur moi, rien que pour avoir droit
à ce traitement miraculeux.

Souverain, les pruneaux! Un kilo de pruneaux dans la matinée et plus rien ne résiste, les vannes sont ouvertes, les barrages explosent. On se vide comme un ballon, c'est une cataracte, une inondation, un raz de marée! Alors quoi? Un antidiarrhéique? Holà! Antiquoi? Qu'est-ce que c'est que ce vocabulaire? Qu'est-ce que c'est que cette perversion? Pas de ça ici! Une seule solution. La gousse!

Elle n'est pas restée absente longtemps. De mon lit, tout en l'entendant remuer ses casseroles dans la cuisine, je savourais à l'avance les délices du suppositoire à l'ail. Quelle trique! Avant qu'elle revienne, je me suis quand même retourné sur le ventre. Je ne pouvais pas décemment lui apparaître dans cet état!

Quand elle est revenue et qu'elle s'est assise sur le bord du lit, j'ai rampé vers elle en grimaçant pour ne pas lui laisser voir mon état et je me suis placé sur ses genoux. Je l'ai laissée baisser elle-même mon short, m'écarter les fesses... C'était trop bon! Pour que la gousse d'ail ne ressorte pas, elle a enfoncé son doigt jusqu'au fond. J'ai dû mordre les draps pour ne pas crier...

Du coup, je serai en forme pour ce soir. Je crois que Grand-mère est repartie chez tonton Léobard. Impeccable. On pourra mettre la musique à fond et danser. En tout cas, moi je pourrai danser. Mes frères, c'est pas le genre. À part se caresser le gland. Et encore, juste avec les yeux, rideaux tirés. Paupières baissées, peut-être... Ils ne sont pas à l'aise avec les femmes, c'est le moins qu'on puisse dire... Je ne vois pas Désiré demander à la sienne de lui fourrer une gousse d'ail dans le cul!

Pourtant, Aphrodise, c'est un sacré morceau. Il y a boire et à manger, elle a le sein abondant. Elle est nombreuse, comme dirait tonton Léobard, qui en connaît un rayon sur les expressions savoureuses du folklore africain. Je suis sûr qu'elle n'attend que ça. Danser, vibrer, défaillir... Désiré a dû danser avec elle une fois dans sa vie, le jour de leur mariage. Une espèce de valse qu'il a péniblement exécutée, raide, constipé, un manche à balai dans le fondement. Quel gâchis! Pourtant, avec Aphrodise, ça doit être quelque chose d'inoubliable! Un peu comme si on dansait avec trois filles à la fois. Je n'ai pas assez de mes bras pour en faire le tour! Quand elle transpire, on dirait qu'elle sort de la mer, ça sent le poisson vivant, luisant, qui te glisse entre les doigts et qui t'éclabousse... Et ses nichons, donc, des flans gigantesques, tremblotants, laiteux, tout chauds, sortant du four! Elle a bien l'air un peu farouche, comme ça, Aphrodise, mais après un ou deux verres, ça ira sûrement mieux. Je vérifierai que Désiré n'a pas ajouté d'eau dans le punch. Et puis ce qui est bien, c'est qu'il n'y aura pas trop de concurrence. Monch, à la rigueur. Et encore, lui, il est plutôt du genre à s'enfiler son punch sans rien dire, assis dans un coin. Il n'est pas gênant, il n'a aucune conversation. Il ne parle jamais, ni de filles ni de voitures, on se demande ce qui l'intéresse. Tant pis. Ou tant mieux, plutôt, j'aurai le champ libre. Et si Aphrodise ne se laisse pas faire, je pourrai me rabattre sur ma sœur Chérie. Elle aussi, elle est abondante. Pas de doute, la soirée sera bonne. À moi les vastes viandes et les chairs en cascade...

Andoche, lui, il se contentera de Bertinotte. Moi, je ne mange pas de ce pain-là. Elle doit avoir huit ou dix ans, Bertinotte, pas plus. Je ne suis pas un pervers. Andoche non plus, ce n'est pas ce que je veux dire. Enfin, pas comme ça. Mais Andoche, une femme entre dix et soixante-quinze ans, ça le dessoude. Il ne se sent bien qu'avec Grand-mère et Bertinotte.

Bertinotte, je sais qu'il l'emmène quelquefois faire un petit tour dans sa voiture. Un honneur, une faveur insigne. Peu de femmes peuvent se vanter d'être montées dans cette voiture. Maman, peut-être? Et encore. C'est vrai que Bertinotte, ce n'est pas tout à fait une femme. Pas encore...

Grand-mère, en revanche, il ne la promène pas souvent. Mais il lui tient la bavette pendant des heures. Il doit faire les demandes et les réponses, d'ailleurs, parce que la vieille, il y a belle lurette qu'elle ne sait plus où elle habite.

Pauvre grand-mère, ils disent. C'est vrai qu'il est de bon ton de la plaindre à tout propos. Si par hasard ils ne peuvent pas faire autrement que vous la présenter, vous la montrer plutôt, il est judicieux de s'exclamer avec un soupir affligé que la vie est cruelle et injuste. Oui, peut-être, mais elle, au moins, elle n'a personne sur le dos à longueur de journée. Pauvre grand-mère? Bienheureux légume, oui!

Bien sûr, le bonheur est insupportable. Il *leur* est insupportable, en tout cas. À mon père, à ma mère, à mes frères, à Chérie... Quelle famille! Ils sont inaptes, ils ont la rage dans le sang. Pas pour eux, le bonheur? Ni eux ni personne. Surtout pas pour la mémé.

Alors ils te la noircissent de cent maux, mille misères. Ils lui inventeraient de nouvelles maladies s'ils pouvaient, rien que pour trouver plus malheureux qu'eux, rien que pour pouvoir la plaindre encore plus et trouver leur propre fiel moins amer. C'est peut-être pour ça qu'ils la gardent avec eux, malgré le mal que ça leur donne. Un purgatoire portatif. Ils sont sûrs d'aller au Ciel, eux…

Si ce n'était que moi, je n'hésiterais pas une seconde, je la placerais dans une maison de retraite ou une institution spécialisée. Un rêve en couleurs, tiens! Péter dans la soie et se faire torcher par des infirmières au croupion en feu…

Eux, ça ne leur est pas venu à l'idée. Abandonner Grand-mère? Horreur! Blasphème! Peut-on concevoir une monstruosité pareille? Jamais. Alors on ne l'abandonne pas. Non, mais on la flanque dans un sous-sol sombre à longueur de journée, juste pour pouvoir prendre une petite bouffée de misère humaine quand par hasard on la croise. Et pour s'assurer que personne n'est content de son sort, pour être bien certain qu'elle ne va pas s'endormir avec un sourire béat aux lèvres et faire sans eux des rêves agréables, ils lui ont collé sur les genoux ce chien immonde, ce crapaud épluché, ce concentré de puanteur et d'affliction!

À chacun sa croix, comme elle dit souvent, Maman. La grand-mère n'avait pas assez de bois pour construire la sienne? Qu'à cela ne tienne, on te l'a crucifiée avec les moyens du bord. Le chien. La dernière malédiction, le monstre mythologique par excellence, celui qui décime des villages entiers et transforme les riantes prairies en déserts désolés rien qu'en ouvrant la gueule pour laisser échapper son haleine subversive. Moi, je l'ai surnommé Tchernobyl, ce chien extraordinaire, mais j'ai bien été le seul à en rire.

Bon, en attendant, moi, ma gousse d'ail, elle m'avait mis en joie. Plus tard dans la matinée, j'ai réussi à arracher Chérie à ses occupations importantissimes pour l'entraîner à la plage. Elle avait l'air catastrophé, je ne sais pas pourquoi. L'idée que Dou nous amène Monch à la maison la mettait dans tous ses états. Je ne sais pas ce qu'il a fait, le Monch, mais ça a l'air d'aller mal pour lui. Conciliabules, allusions, frissons… J'ai essayé d'en savoir plus, rien à faire. Chérie, on aurait dit que ça lui arrachait les muqueuses d'en parler. Quel secret, encore?

J'ai suggéré qu'une bonne baignade lui ferait du bien et elle s'est finalement laissé convaincre. Elle est foutrement bien conservée, Chérie. Les chairs tombantes, oui, mais c'est justement ça qui est bon. On en a plein les mains, plein la bouche. Quand elle a voulu se changer, après le bain, elle s'est enroulée dans sa serviette de bain pour enlever son maillot. De la voir gigoter comme ça, sous sa serviette trop courte qui ne cachait pas grand-chose, ça m'a rappelé quand j'étais petit et que je l'espionnais dans la douche. J'en ai vidé, des burettes, à sa santé! Je me suis mis à bourgeonner. Bon sang, c'était trop! Je me suis retourné sur mon drap de bain, sur le ventre. J'étais comme un bateau échoué, la quille dans le sable, et elle en équilibre sur une jambe, les poils au vent… J'allais crever!

C'est à ce moment-là qu'un gamin est passé en courant et lui a arraché sa serviette. Oh le dévoilement de la vérité! Encore humide, les tétons à l'air, le slip sur les genoux... Ça l'a mise en fureur. Violette, elle était! Je l'ai calmée comme j'ai pu, en lui disant que ce n'était qu'une histoire de gamin, qu'elle en verrait bien d'autres. Et que, de toute façon, elle était super bien roulée...

Là, j'ai senti que j'avais mis dans le mille. Elle s'est détendue un peu. C'était le moment d'en profiter. Toujours sur le ventre, je lui ai demandé de me passer de la crème solaire sur le dos. Elle a hésité un instant et puis elle s'est agenouillée à côté de moi, elle a pris le flacon de crème et elle a commencé à m'en étaler sur le dos. La crème était froide, mais ses mains divinement tièdes. Et une douceur de peau! Je repense subitement à Andoche et Bertinotte. Je me demande si Andoche... Est-ce qu'elle a déjà du poil, Bertinotte?

Bon. Chérie me passe la crème avec application sur les épaules, puis sur les reins. Elle masse pour faire pénétrer la crème, avec des gestes circulaires, elle enfonce ses doigts, c'est délicieux. Quand je sens qu'elle a fini et qu'elle va se relever, je lui dis de ne pas oublier le maillot. C'est là qu'on prend les brûlures, je lui dis, parce que le maillot descend toujours un peu quand on court, et qu'il découvre fatalement une petite bande de peau un peu blême. C'est limite... Elle pourrait me répondre que de la peau blême, il faudrait se lever de bonne heure pour en trouver un centimètre carré sur mon corps. Mais elle ne dit rien. Elle remet simplement une touche de crème sur mes reins et elle l'applique lentement, en allant de plus en plus bas.

À chaque mouvement ses doigts pénètrent un peu plus sous mon maillot, onctueux, chauds, électriques. Elle me les passe dans la raie des fesses. Ça sent encore l'ail! Je n'en peux plus. Je tressaille. J'essaie de me retenir, mais je n'y arrive pas. Je ferme les yeux, je me raidis, et j'étouffe un spasme en serrant violemment les fesses et en mordant ma serviette. Ma sœur retire sa main brusquement. Elle croit m'avoir fait mal, peut-être, m'avoir griffé? Ou bien elle a compris? En tout cas elle se relève d'un mouvement souple, elle toussote, et elle part vers la mer sans rien dire. Je reste immobile sur ma serviette, vidé. Nom de Dieu! J'ai du sable plein la bouche...

CHÉRIE

Mon Dieu, nous allons être en retard! Non seulement je risque d'attraper un coup de soleil, mais Maman va être inquiète. Je lui ai promis de l'aider à préparer des canapés pour l'anniversaire et je suis là en train de tarder à la plage. Si au moins j'étais sûre que Dou prenne l'initiative de me remplacer. Mais ça m'étonnerait. Je sais trop bien ce qu'elle va penser. C'est ma sœur, elle est plus jeune que moi, je sais donc avant elle tout ce qu'elle peut penser. Elle va dire que c'est moi qui ai proposé à Maman de fêter cet anniversaire, et que c'est donc à moi de m'en occuper. Quel égoïsme! C'est aussi sa mère, non?

Mais je la connais. Elle doit être en train de rêvasser le nez en l'air, sans penser à tout ce que je vais avoir à faire, avec son fainéant collé à elle. Je me demande où elle est allée le ramasser et ce qu'elle lui trouve. Un grand niais qui ne dit jamais rien, dont on ne sait jamais ce qu'il pense, dont on ne sait même pas s'il pense quelque chose. Et ce nom dont elle l'a affublé! Monch! C'est d'un grotesque! La première fois que je l'ai vu, j'ai pensé qu'il était musicien, qu'il jouait dans un groupe de rap et que c'était son nom de scène. Mais non. Il n'a jamais touché à un instrument de musique de sa vie. Et c'est un blanc, en plus! C'est d'un ridicule!

Elle le traîne partout avec elle, comme son chien. S'il se rendait utile, au moins, s'il jardinait un peu, s'il arrachait les mauvaises herbes, s'il nous aidait à mettre la table... Mais non. Du matin au soir, il erre comme une âme perdue, comme quelqu'un qui aurait commis un crime dans une vie antérieure, dont le souvenir le poursuivrait encore. Chaque fois que je le croise, j'en ai un pincement au cœur. Il me donne le cafard, il me gâche mes vacances, il me ternit mon bonheur...

Chilou me dit que je me fais des idées, que je ne devrais pas me laisser empoisonner mes vacances par un fantôme inoffensif. Il a beau jeu de me dire ça, lui. Il est insensible au sort du monde. Il peut rester toute la matinée allongé sur son drap de bain, à la plage, sans même remarquer que je dois me passer moi-même ma crème solaire sur le dos!

Allons, il vaut mieux rentrer, maintenant. D'autant plus qu'il faudra d'abord passer à la maison prendre une douche et se changer. Chilou peut bien grogner, tout ensablé qu'il est. Il ne se rend pas compte, lui, qu'ici tout est deux fois plus long. Il faut faire les ongles des mains, mais ceux des pieds aussi. Et puis, à la maison, ça va être la guerre. Ma sœur est probablement déjà arrivée de son hôtel, et elle a toujours cette manie d'utiliser la salle de bains quand j'en ai besoin, quand ce n'est pas Monch qui est enfermé dedans. Qu'est-ce qu'il peut bien y faire, lui? Je ne sais pas pourquoi, mais chaque fois que j'y entre après lui, il faut que j'aère à fond avant de commencer. Ce n'est pas que ce soit sale, pourtant, ni que ça sente, pas vraiment. Ce n'est pas ce que je veux dire. Mais j'ai le sentiment confus que, quand il a respiré quelque part, il laisse de l'air mort derrière lui.

Il y a longtemps que je m'en suis rendu compte, ça fait des années qu'ils vivent ensemble, Dou et lui. Ce garçon-là porte la mort avec lui. C'est vrai, je suis inquiète quand il est là. Je n'ai jamais osé l'avouer pour ne pas faire de peine à ma sœur, mais quand il vient ici avec elle, je ne suis pas tranquille pour Grand-mère. Ça n'est pas raisonnable, je sais bien, mais je le sens, je le vois… Je vois Grand-mère étouffant lentement dans l'air corrompu laissé derrière lui par ce garçon, je l'imagine chavirant lentement dans l'inconscience, glissant de son fauteuil, se tassant par terre comme un soufflet qui retombe. C'est trop horrible!

Bien sûr, je n'ai pu confier mes craintes à personne, ils sont toujours en retard d'une guerre, ici. Ces choses-là sont trop fines pour eux. Papa aurait haussé les épaules, Maman m'aurait blâmée pour mes mauvaises pensées. Dou, évidemment, m'aurait volé dans les plumes.

Tout de même, je ne pouvais pas laisser faire. Alors j'ai dû agir seule, et finement. Pour leur bien, mais à leur insu. J'ai pu persuader Papa et Maman que notre venue, aux vacances, serait très gênante pour Grand-mère. Notre venue, j'entends la mienne et celle de Chilou, bien sûr, mais surtout celle de Dou et de Monch. Ça n'a pas été trop difficile de les convaincre, en leur brossant le tableau de cette maison, si calme en temps ordinaire, peuplée de personnes âgées et tranquilles, brutalement envahie par quatre touristes venus chercher le soleil. Je leur ai dépeint Grand-mère perdue au milieu de cette confusion, du bruit, des allées et venues, et Maman a convenu qu'effectivement ce dont Grand-mère avait besoin, c'était de calme. Elle s'est donc arrangée avec tonton Léobard pour qu'il la prenne chez lui pendant la période des vacances. Grand-mère a eu assez de misère comme ça pour qu'on lui impose cet oiseau de malheur. J'étais très contente. J'avais gagné. Et Monch ne l'a jamais rencontrée.

À quel point j'avais raison, je m'en rends compte aujourd'hui. Quand Maman m'a parlé de la disparition de l'argent, j'ai tout de suite su que c'était lui. — Mais il est à l'hôtel avec Dou! elle m'a dit. Pauvre maman! Comme s'il n'avait pas pu venir en douce! Qui d'autre que lui aurait pu aller et venir dans la maison sans éveiller les soupçons? Maman est trop bonne, aussi, elle ne sait pas voir le mal, même sous son propre toit.

L'argent se trouvait dans une enveloppe que Léobard avait déposée dans la cuisine. Une somme énorme. Le produit de la vente de la maison de Grand-père, que Maman et Léobard avaient enfin décidé de liquider. Pour une liquidation! Maman n'osait pas y croire. Monch! Bien sûr! Mais comment faire pour éviter le scandale?

– Ne t'inquiète pas, a finalement conclu Maman. Je vais voir ça avec Léobard, il saura quoi faire, c'était son métier, de poursuivre les criminels. En attendant, emmène donc Chilou à la plage, il a besoin d'exercice.

J'admire Maman. Et son dévouement envers Grand-mère! C'est une sainte. Grand-mère également, d'ailleurs. En voilà une qui mérite le ciel. Quelle vaillance! Et quel calvaire! Depuis tant d'années…

Depuis la mort de Grand-père, en fait, sa vie a basculé lentement vers l'enfer. En le perdant, Grand-mère a tout perdu, sa raison de vivre, sa maison. Toute la famille, heureusement, s'est trouvée là pour l'entourer, pour lui prouver son affection, pour l'assister dans son deuil. Elle n'a jamais été laissée seule un seul instant. Même Papa a participé. Avec son style un peu rude, évidemment, il rouspète toujours, d'entrée, par principe.

Au début, il ne voulait pas qu'on déménage Grand-mère pour les vacances. Bien sûr, il ne voulait pas l'abandonner, je le conçois. Mais il a fini par comprendre, lui aussi, et maintenant c'est lui-même qui organise à chaque fois le transport. Dans le fond, il cache un cœur d'or. C'est un faible. Maman fait de lui ce qu'elle veut. Moi aussi, d'ailleurs. Mais c'est vrai qu'il a toujours du mal à admettre les évidences les plus simples. Il a du mal à admettre la maladie de Grand-mère, par exemple.

Il est très simple, dans le fond, et il voudrait que tout le monde le soit également. Rien n'est simple, cependant. Pourquoi les choses le seraient-elles? Et puis, si elles l'étaient, on le saurait… Seulement lui, il a toujours été épargné. Il a une santé de fer. Il se plaint bien quelquefois d'arthrite ou de rhumatisme, mais tout le monde en rit. Nous savons bien qu'il est solide comme un bœuf, et que s'il se lamente ainsi de temps à autre, c'est parce qu'il a envie de se faire chouchouter un peu.

Grand-mère, c'est différent. Son monde s'est effondré. Elle avait tout, elle n'a plus rien. Forcément, après avoir perdu Grand-père, elle a été très affectée. Mais ce n'était pas que cela. La famille a attribué son silence au chagrin et en est restée là. D'accord, Grand-mère n'a jamais été très bavarde, mais tout de même! Mes parents, vivant avec elle, avaient sans doute fini par ne plus s'en étonner, mais chaque année j'apportais un regard neuf, et je les mettais en garde contre cette désagrégation de la personnalité de Grand-mère. Grand-mère était malade, gravement malade, et ils refusaient de s'en rendre compte! Papa était furieux à chaque fois, et nous avons eu des discussions orageuses. Il persistait à trouver Grand-mère parfaitement normale. Silencieuse, oui, mais normale. Si elle ne disait rien, d'après lui, c'était tout simplement parce qu'elle n'avait rien à dire, que de toute façon les vieux n'ont plus rien à dire. Maman le soutenait, bien sûr. Et elle ajoutait que Grand-mère était tout bonnement une personne très discrète, qu'elle n'était pas encore très à l'aise dans cette nouvelle maison, qu'elle ne voulait pas imposer sa présence.

Mais j'ai vite vu qu'avec elle je pourrais parler davantage. Maman est plus réceptive. J'ai toujours eu de l'influence sur elle. Je suis probablement sa fille préférée, d'ailleurs. Non qu'elle n'aime pas Dou, bien sûr, mais Dou est si égoïste. Jamais elle ne s'est occupée du bien-être de Papa et Maman. Alors que moi, à chaque séjour ici, je réorganise tout de fond en comble. Papa fait semblant de râler, mais je sais bien qu'au fond il adore qu'on bouleverse un peu son train-train quotidien. Au moins il voit que je m'intéresse à sa vie. Tandis que Dou, elle les laisserait vivre leur vie sans jamais intervenir, sans jamais leur montrer combien elle se soucie de leurs problèmes. Elle n'a même jamais essayé de faire changer Papa de marque de mousse à raser! Une pareille indifférence, c'est incroyable, non?

C'est toujours Maman qui cède la première. Dès que j'ai une nouvelle idée, je la harcèle, j'en fais le siège, et elle finit par se rendre à l'évidence. J'ai fait moderniser toute leur cuisine, comme ça. Au grand dam de Papa, qui a enragé pendant des jours. Mais il a fini par payer la facture. Comme d'habitude. Il persistait à faire son café chaque matin dans une vieille cafetière bosselée alors qu'il existe de si jolies machines programmables.

L'année suivante, d'ailleurs, j'ai été furieuse. J'ai retrouvé la cafetière neuve enveloppée dans du plastique au fond d'une armoire et, sur la belle cuisinière à induction, trônant sur d'insupportables taches de graisse, l'antique réchaud à pétrole que Grand-mère utilise pour sa cuisine! J'ai dû sermonner Papa. Le cœur gros, parce que je me doutais bien de ce qui s'était passé. Dou était passée par là. Chaque année elle reste plus longtemps que moi parce que ses vacances sont plus longues — elle est fonctionnaire — et elle s'acharne à détruire, après mon départ, toutes les améliorations que j'ai pu apporter à la vie de cette maison. Jalousie, certainement. Parce que l'idée ne vient pas d'elle, et qu'elle ne supporte pas que je m'occupe à sa place du bien-être de nos parents.

C'est comme pour la maladie de Grand-mère. Ce n'est pas elle qui s'en serait inquiétée. Grand-mère peut bien mourir à petit feu, le cerveau rongé par un mal incurable, ça ne l'empêche pas de dormir. Évidemment, habituée qu'elle est à vivre avec son mort-vivant, ça lui semble sans doute normal que quelqu'un ne puisse plus parler. Bon, admettons. Mais quand Grand-mère a perdu l'usage de ses jambes, alors? Est-ce que c'était normal, ça? Je ne sais pas comment les choses se sont passées exactement, je n'étais pas là, mais lors de mon premier retour après la mort de Grand-père, Grand-mère ne marchait déjà plus. Il fallait la lever le matin, la laver, l'habiller, l'installer sur sa chaise.

Je venais seule, à cette époque. J'avais déjà divorcé. Grand-mère vivait à la maison. Papa et Maman n'avaient pas voulu la laisser seule dans la maison de Grand-père, une immense habitation coloniale, beaucoup trop grande pour elle. Grand-mère pouvait maintenant vivre parmi les siens, entourée de sa famille. Il leur semblait que les choses rentreraient ainsi dans l'ordre. Grand-mère était très vieille et Papa trouvait normal qu'elle soit impotente. Il osait même dire que ce n'était déjà pas si mal d'avoir atteint cet âge-là! Mais enfin, ils étaient donc aveugles! Grand-mère n'était pas vieille, elle était MALADE!

Cependant, j'étais la seule à savoir. Il fallait donc que je les réveille. La première chose à faire était de convaincre Maman. Elle ne laisserait pas sa propre mère s'enfoncer dans une telle agonie, elle ne laisserait pas les choses empirer. Ce ne serait pas simple, bien entendu. J'aurais à vaincre une muraille d'ignorance et d'habitude. Même à Maman je ne pourrais pas révéler d'emblée l'ampleur du désastre. Il me faudrait procéder avec une extrême délicatesse, pas à pas. Je lui ferais comprendre que, face à une maladie incurable, il ne fallait pas baisser les bras. Qu'au contraire, plus que jamais, il fallait être attentif aux besoins de la malade. Or comment Grand-mère, muette et invalide, pouvait-elle s'exprimer? Là était le problème.

Quand les gens se sentent inutiles, ils se replient sur eux-mêmes, ils se sentent de trop, ils se réfugient dans le silence ou basculent dans la folie. C'est ce qui arrivait à Grand-mère. La première chose à faire était donc de lui rendre son autonomie, de lui donner des responsabilités, de lui montrer qu'elle n'était pas une personne à charge mais une participante active à la vie de la famille. Il était important de lui confier quelques tâches simples, lui démontrer qu'on avait confiance en elle, qu'on avait encore besoin d'elle. Et, en premier lieu, bien entendu, il fallait qu'elle puisse se déplacer à sa guise. C'est ainsi que j'ai eu l'idée de lui offrir un fauteuil roulant.

Maman a été enchantée, évidemment. Mais Papa, tout de suite, a commencé à regimber. Un fauteuil roulant! il disait. Pour quoi faire? Pour faire le tour de sa chambre? Maman l'a fusillé du regard. Mais Papa insistait. Il prétendait que Grand-mère risquait tout bonnement de se jeter dans l'escalier, qu'une chaise roulante n'était pas indiquée dans une maison qui n'était pas de plain-pied. J'ai balayé ces arguments d'un geste. L'essentiel n'était pas que Grand-mère aille réellement quelque part, mais qu'elle se sente autonome. Elle pourrait même faire sa cuisine toute seule, organiser un peu une partie de sa vie, bref retrouver sa dignité.

Et bien sûr, finalement, Papa est allé l'acheter, ce fauteuil. Lui-même. Quelle fête ça a été, quand nous l'avons offert à Grand-mère! Toute la famille était là, émue jusqu'aux larmes. Et dans les yeux de Grand-mère, dans ses yeux vides et tristes, nous avons enfin vu briller une lueur.

L'année suivante, j'ai constaté avec émotion tout le bien que ce nouveau changement avait apporté à Grand-mère. Suivant mes conseils, Maman lui avait donné un petit réchaud à gaz pour son usage personnel. Et maintenant Grand-mère faisait elle-même ses repas! Il fallait la voir, allant et venant par la cuisine, préparant son dîner, surveillant la cuisson, lavant son assiette. Elle était vivante comme une enfant, j'avais même parfois l'impression qu'elle essayait de jouer. On la cherchait, on la croyait dans sa chambre, ou dans le salon, et voilà qu'elle disparaissait comme par enchantement.

Elle manœuvrait maintenant son engin avec adresse. C'était un plaisir de la voir filer dans le couloir ou s'engouffrer dans une chambre pour ressortir par l'autre porte. Grand-mère n'avait pas retrouvé l'usage de la parole, pas encore, mais son comportement facétieux montrait qu'elle était sur la bonne voie. Et surtout que j'avais eu raison d'agir ainsi, qu'il fallait continuer. Lui donner davantage de responsabilités, peut-être, lui confier de menus travaux utiles à tous. J'en discutais avec Maman, sans parvenir à trouver vraiment, quand la solution nous a été suggérée par Papa. Accidentellement, bien entendu. Je veux dire que la suggestion ne nous a pas été faite par lui, mais au travers d'un incident dont il était le principal protagoniste.

Depuis plusieurs jours, un chien errant rôdait autour de la maison. Le cas est courant ici, où les chiens sont plus mal traités que les rats. Être chien dans les îles, ce doit être une sorte de punition, un purgatoire, une deuxième chance laissée aux âmes des damnés de reconquérir le ciel. Et même parmi ces réprouvés, il y a une hiérarchie. Plus chien que le chien, il y a le chien-fer. Le chien-fer est tellement démuni de tout qu'il n'a même pas de poils! C'est quelque chose, dans l'échelle des vivants, entre la limace et le concombre de mer. Comment ne pas être touché?

La pauvre bête vaguait lamentablement aux alentours de la cuisine, maigre, efflanquée, pitoyable. Je crois qu'elle boitait. Dès qu'il l'apercevait, Papa la chassait d'un cri ou d'un geste menaçant et l'animal, apeuré, disparaissait aussitôt. Mais peu de temps après, poussé par la faim autant que par un besoin de chaleur humaine bien compréhensible, il reparaissait au même endroit, avec un regard embué de larmes qui exprimait toute la misère du monde.

Mon Dieu! Je retrouvais dans ce chien, dans son regard, toute la triste condition de Grand-mère, toute sa vie de solitaire, son existence d'exclue. Et, le cœur brisé, je voyais ce chien chassé de la compagnie des hommes comme une image de Grand-mère isolée dans sa maladie. C'est cette similitude, je pense, qui m'a donné l'idée. Une idée géniale!

J'étais donc en train de parler avec Maman sur la loggia quand nous avons entendu un cri. C'était Papa. Maman a eu un geste d'humeur. — Encore ce chien! a-t-elle dit d'un ton las. Je me suis levée brusquement et je me suis précipitée vers Papa, qui agitait les bras en direction de la pauvre bête.

Cette fois, je ne l'ai pas laissé faire. Je l'ai noyé de honte, je lui ai dit que c'était en commençant par traiter les animaux ainsi qu'on finissait par enfermer les vieilles dames dans un placard. Je n'arrivais plus à m'arrêter. Sans répondre, Papa m'a tourné le dos et il est rentré dans la cuisine en grommelant. Je me suis alors retournée vers le chien tremblant de peur derrière un massif d'hibiscus. Je me suis agenouillée. — Petit petit petit!...

À force de patience et de douceur, j'allais finalement réussir à l'amadouer quand soudain Papa a surgi de la cuisine. Je me suis relevée d'un bond. J'allais exploser quand il m'a rudement poussée sur le côté. J'ai vu qu'il tenait à la main un vieux plat d'aluminium avec les restes du poulet de midi. Sans dire un mot, il a posé le plat par terre, au pied de l'escalier, et il est reparti vers la savane pour retrouver ses vaches. Allons, il a bon cœur, dans le fond, me suis-je dit. Il suffit de savoir le prendre. J'arrive toujours à lui faire entendre raison.

Je suis vite retournée sur la loggia pour retrouver Maman et pouvoir observer le chien sans l'effrayer. Sa faim devait être insoutenable, car il n'a pas mis une minute avant de se précipiter sur ce festin. Il l'a englouti en quelques secondes avec un drôle de bruit, puis il est allé s'allonger dans le bas du jardin pour une petite sieste digestive.

Le chien est revenu quotidiennement, plusieurs fois par jour, même, et chaque fois il a fait disparaître en un clin d'œil les restes de nos repas. En peu de temps, il est devenu un familier de la maison. Il avait meilleure allure, maintenant. Bien sûr, c'était toujours un chien sans race, avec une oreille déchirée et une patte plus courte que les autres, mais enfin, il était bien vivant. Il semblait presque heureux. Il prenait du poids!

Cette métamorphose était significative. Je pouvais enfin donner suite à mon projet et le dévoiler à Maman : ce chien serait le compagnon idéal pour Grandmère. Maman était sceptique. Il est vrai qu'elle n'aime guère les animaux, les chiens en particulier. — Et puis il pue effroyablement, ajoutait-elle. Je n'aime pas beaucoup ce vocabulaire, mais il n'y a pas d'autre mot : ce chien pue!

Oui, bien sûr, Maman avait raison. Ce chien sentait mauvais, mais après tout, ce n'était pas si terrible que ça. Et puis c'était provisoire, sans aucun doute. Cette odeur était celle de la misère affreuse dans laquelle il avait été abandonné mais, après quelques semaines de bons traitements, je ne doutais pas qu'elle disparaisse peu à peu. Cette odeur, probablement, était la seule façon qu'avait l'animal d'exprimer son malheur. Mais le soin dont toute la famille l'entourerait ne pouvait que l'embellir et le parfumer, et Grand-mère, profitant de la présence de ce nouveau compagnon, évoluerait elle-même vers la guérison.

Maman me regardait bizarrement, mais je savais maintenant que j'avais gagné la partie. Pas de problème, ce chien, il serait pour Grand-mère! Il suffisait de lui trouver un nom. Valentino? Valentino, bien sûr. Tout un programme…

LÉOBARD

La route m'a donné envie de vomir. La puanteur était intenable. Et maintenant qu'on est arrivés, elle me poursuit encore, et ce n'est pas fini! Ce maudit chien, il m'a empoisonné tout au long du chemin, et, à l'instant encore, il a failli me faire tomber, pendant qu'on était en train, Pilade et moi, de monter Maman dans le salon. Sale bête!

Ce pays me pèse de plus en plus. On vous a dit que les îles, elles sentaient le sucre et la vanille? On vous a endormis avec les couplets sur la douceur des alizés, le chant des esclaves dans les champs de canne et le zoui-zoui des colibris dans les balisiers en fleurs? On vous a roulés! On vous a raconté des histoires! Conneries! Cannelle, citronnelle? C'est ça! Arômes, fragrances, effluves? Sans blague! Tourisme et poésie! Fourrez-y le nez, un peu, vous allez voir...

Ça pue, ici! Ça pue cent fois, et ce n'est pas seulement la faute au chien. Ça pue parce qu'il faut que ça pue, parce que c'est fait pour... Faut comprendre. Il fait chaud, ici, vraiment chaud. Et humide. Ça s'appelle une étuve. Quand les physiciens veulent comprendre l'atome, ils l'enferment dans une étuve et le font courir en rond comme un chien enragé, se télescoper, se prendre des coups. Ils montent la pression, la température. Ils l'accélèrent. Alors là, l'atome, il en peut plus. Il est cuit. Il se rend! Finis, les mystères et les théories de l'incertitude. Il dévoile sa vraie nature. Il a vécu sa vie entière en un milliardième de seconde et on a pris des notes. C'est clair? Eh bien les anthropologues font la même chose. L'homme, on ne peut pas l'étudier dans la glace ou dans les déserts. Le froid et la sécheresse, ça conserve. Du coup, plus d'évolution, plus de mouvement, plus de vie. Plus d'intérêt. Tandis que dans l'étuve, dans les îles, c'est de la vie à deux cents à l'heure, forcenée. Ça fourmille à tout va, ça s'agite, ça se dégrade comme dans un bouillon de culture bien mijoté. Moisissure et pourrissement accéléré. Tout va plus vite. La mort aussi. Les civilisations millénaires, elles ne feraient pas deux générations, par ici. On vit dans une température idéale pour la fermentation. Alors, on ne se prive pas. On fermente plutôt deux fois qu'une... D'où l'odeur...

C'est ça, mon pays. Malchance. Mais il faut bien que j'y vienne, puisque c'est moi l'aîné. C'est moi le chef de famille. Maman, la pauvre, serait bien incapable d'en assumer le rôle. Et puis, je suis le seul homme de la famille. Je ne pouvais pas refuser à ma sœur l'honneur d'assister à son anniversaire de mariage. L'honneur et le devoir...

Mais cette chaleur, hélas, après plus de trente ans d'Afrique, quel calvaire! La chaleur et tout le reste. Cette famille qui m'échappe. Déjà deux générations qui oublient le respect, le respect des aînés, celui qui m'est dû. Je ne suis plus, ici, qu'une sorte de résurgence du passé, un croque-mitaine qui ne fait plus peur à personne. Ni à cette petite piche-bibine de Bertinotte, qui ne sait probablement même pas que j'existe, ni à toutes ces nouvelles figures que les filles de Perpétue sont allées ramasser dans des villes blêmes. Dont la dernière en date, ce grand traîne-savates blafard, complètement exotique sur cette île croupie sous le soleil. Dou le promène avec elle comme une ombre, comme un cadavre bardé d'ennui. Tous les mêmes! Ils n'ont seulement pas le bon goût de se sentir de trop ici. Ils vous regardent comme une bête curieuse ou un objet d'art incongru, exhumé de je ne sais quelles catacombes.

Je le connais, leur mépris. Je l'ai souvent expérimenté. Le mépris silencieux de la couleur, le mépris indélébile, mais bien élevé, du blanc né au bon endroit, au bon moment. On sent, sous leur poignée de main faussement joviale, cette hypocrisie des hommes politiques en campagne électorale, qui vont serrer, en essayant de penser à autre chose, des mains de poissonniers et de paysans.

J'ai l'habitude, bien sûr. L'Afrique. Toute une vie à trimer pour les anciens maîtres, à faire respecter leur ordre. Je n'étais pas le seul, les Antilles ont fourni pas mal de magistrats aux colonies françaises. Bien contents qu'ils étaient de trouver des volontaires pour aller transpirer dans cette fournaise. Qu'est-ce qu'il a fallu qu'on aille foutre là-bas? Retour aux sources? Plaisanterie! Haïs par les Noirs qui ne voyaient en nous que des Blancs dénaturés, remis en place par les Blancs pour qui nous étions clairement des nègres, dégrossis, d'accord, mais nègres tout de même. J'y ai perdu ma santé, en Afrique, et je n'étais pas le premier. Une vieille habitude. Pendant des siècles, on s'est échiné à les ratonner, les nègres, les Indiens — tiens, pourquoi une majuscule à Indien et pas à nègre? — et tous les autres, les jaunes, les rouges, les marrons, les bigarrés, tous ceux qui étaient d'une couleur douteuse. On y a mis du cœur. Pour les avoir jusqu'au dernier, on est allé se fourrer dans des pays de merde, dévorés de fièvres et de moustiques, dysenterie, palu, myxomatose... On en voulait tellement qu'on a tout supporté, la malaria, les climats délétères, des chiasses comme des niagaras. On avait du courage. On y a perdu le foie et les poumons, à s'acharner sur eux, jusqu'à les anéantir. Et pourtant, on n'y est jamais arrivé. C'est comme les rats, il en reste toujours...

Maintenant ça va mieux. On a changé de technique. On a vendu le savoir-faire, on délocalise. Le système marche bien, il fonctionne tout seul. Les victimes, on n'a que l'embarras du choix. Il y en a toujours un plus foncé que toi pour prendre les coups de pieds au cul. Ils n'ont même plus besoin de nous, ils continuent sur la lancée. Ibos, Zoulous, Utus et Tutsis, Khmers, Afghans, et d'autres... Ils ont le cœur à l'ouvrage! Nous, on n'a plus qu'à les regarder faire. De loin. On leur fournit des armes et des frontières, c'est suffisant. Eux, ils ont la matière première : la viande. Et la férocité. Et puis l'Afrique, l'Asie, c'est des pays de tradition. Ils massacraient bien avant qu'on arrive, on n'a rien inventé. On leur a juste apporté un peu de technologie, de l'efficacité, du rendement. De la productivité.

Je m'aperçois que je dis on, comme si je savais de quel côté du manche je suis. De quel côté? Évidemment, après avoir usé mes fonds de culotte à apprendre nos ancêtres les Gaulois, j'ai pris le pli! Serviteur de mes maîtres et de la République, imposable, militarisable, biodégradable... Mais noir quand même. Allez comprendre! Métèque intégral, je suis. Seulement ici, dans les îles, des Gaulois, il n'y en a pas, mes petits messieurs. Vous êtes dans la réserve. J'y suis chez moi, je peux vous injurier dans les langues tropicales... Vous buvez mon rhum, vous turlutez mes nièces, vous mangez dans ma gamelle. Soit. Mais vous n'êtes pas des conquérants, ici. Pas la moelle, pas l'étoffe. Cette grande asperge, j'ignore jusqu'à son nom, que Dou promène partout avec elle! Ce regard vitreux, ce regard de promeneur blasé...

Pour qui il se prend, ce jeune crétin? C'est lui qui aurait fait main basse sur l'enveloppe, d'après Perpétue. Chérie l'aurait vu. Ou senti. Ou rêvé... Elle voit avec le derrière de la tête, Chérie, elle pense avec les cheveux... Dinde! Je ne crois pas que ce soit lui, moi. Il y a assez de nègres qui passent dans cette rue, avec rien d'autre à faire qu'enjamber la fenêtre et se servir. Ce n'est pas cet imbécile de chien qui va crier au loup! Les délinquants, ici, ça pousse comme de l'herbe. Mieux! Plus fort, plus dru! Pas la peine d'aller les chercher ailleurs...

Ce n'est peut-être pas la peine de chercher bien loin, d'ailleurs. Dans la poubelle, par exemple... Il règne un tel désordre, ici. L'enveloppe y est peut-être égarée quelque part. La maison de mon père! Enfin, une partie. Je ne suis pas idiot. Il n'y avait là que la commission, une somme rondelette, d'accord, mais pas une fortune. C'est invraisemblable, quand même! Depuis hier, il ne s'est trouvé personne dans la maison pour mettre cette enveloppe en lieu sûr! Je l'ai bien dit à Perpétue, pourtant. Mais l'argent, évidemment, c'est péché, ça brûle, ça désintègre… Elle a dû attendre que Pilade s'en occupe. Pilade! Résultat, les billets ont passé la nuit sur la paillasse de la cuisine, entre les épluchures de fruit à pain et les os de poulet. Ils auront fini au même endroit, tout simplement! Misère!

Je vais tout de même tâcher de l'avoir à l'œil, l'autre zombi. Mouche, ou Manche, comme ils l'appellent. On ne sait jamais. Sans blague! Il se croit en pays conquis, celui-là? Dire que c'est pour des gommeux de cette espèce que je suis allé patauger dans la boue des Ardennes en 44. Jeune con!

Oui, je sais, vous allez me dire, le temps ne fait rien à l'affaire. Jeunes cons, vieux cons, c'est la même chanson. Pas d'accord! N'en déplaise à tonton Georges, jeunes cons et vieux cons, ce n'est pas comparable. Les jeunes cons, ils sont pires que les vieux. Les vieux, au moins, ont appris quelque chose : que le monde n'est pas près de changer pour leur faire plaisir. Alors ils bougonnent dans leur coin, comme moi, ils radotent, ils se plaignent, ils se lamentent. Mais ça en reste là. S'ils font trop de bruit, ils savent trop bien qu'on va les flanquer à l'hospice, alors ils mettent la pédale douce. Tant qu'on vous fout la paix, vous nous foutez la nôtre. Tandis que les jeunes, les jeunes cons, quelle plaie! Quelle vigueur! Ils sont partout, virus, moustiques! Ils vous tannent de la tête aux pieds, ils vous coupent tout ce qui dépasse, ils n'ont de cesse de vous avoir réduit à la plus simple expression : la leur. Jamais lassés, ils sont pires que des marchands d'assurance... Ce monde fout le camp, on n'y peut rien. On va encore me dire que je radote. Je sais. Et je ne suis pas près d'arrêter... Passons...

Enfin, heureusement que Maman passera la journée chez moi. Elle n'aura pas à subir les affronts de tous ces malappris, ni à visiter pour la centième fois la maison de Désiré. Tous les ans j'y ai droit , à cette cochonnerie en toc! Pas un objet authentique, là-dedans, pas un livre. Je lui en avais pourtant offert un, à Désiré, la première fois. Un livre de circonstance. — Voyons, Léobard, elle avait dit, Aphrodise, il ne fallait pas! On en a déjà un… Mon Dieu, Seigneur! J'avais l'air fin, moi, avec mon Fanon sous le bras! Elle avait pourtant raison, Aphrodise. Il aurait fait joli, Fanon, sur le mur, au milieu de toutes ces croûtes à la mode tartinées par des rastas qui s'y connaissent en peinture comme moi en grammaire wolof!

Les naïfs haïtiens! Haïtiens comme moi, les naïfs! On ne me fera pas croire qu'il y a assez de rapins en Haïti pour tartiner comme ça tous les murs de toutes les îles des Antilles. Et les autres. Je les vois plutôt Moldaves, ces badigeonneurs de toile au kilomètre. Ou Srilankais. Des coins où on peut atteler des gamins de huit ans, douze heures par jour devant des chevalets, sans que ça froisse personne. Du naïf, oui, c'est le cas de le dire. Bien sûr, ces barbouilleurs à la chaîne, ils font partie du pittoresque, de la couleur locale. Ils représentent un pourcentage dans le PNB de ces îles de merde. C'est ça ou les bananes. C'est produit de la même façon, avec le même engrais : les subventions. Au bout du compte, c'est moi qui les paie, ces rapins. Pour que leurs croûtes salissent les murs de ma propre descendance. Les mêmes partout. Chez Aphrodise, chez Chérie…

Ah, Chérie! Quelle calamité, encore! Il ne lui suffisait pas, à ma pauvre mère, de se retrouver invalide, de s'en aller par petits morceaux, il a fallu que sa propre petite-fille en fasse la publicité, qu'elle épluche revues et encyclopédies pour nous en faire des tartines et nous noyer sous des flots d'hypothèses contradictoires.

Pas un été sans qu'elle nous apporte une nouvelle maladie. Grand-mère a ci, Grand-mère a ça. Un jour c'est le cerveau, un autre c'est le trou dans la couche d'ozone. Ça dépend de ses lectures. Mais bon sang, ce n'est pourtant pas compliqué, ce qu'elle a! Ça saute aux yeux. Cette pauvre vieille, assise là dans un coin, sans ouvrir la bouche de la journée, la mémoire en compote et les yeux dans le vide, qu'est-ce qu'elle peut bien avoir, hein? C'est bien simple, on ne parle que de ça. Dans la presse, la télé, partout, jusqu'aux prospectus dans la boîte à lettres. Ça tient en un mot. Alzheimer. Comme si on n'en avait pas assez avec les maladies tropicales! Avoir à subir, en plus, ces espèces d'infirmités avec des noms de généraux du troisième Reich! C'était bien la peine de gagner la guerre…

Alzheimer. On dirait un nom d'anthropologue dans un roman de Jules Verne, le gars qui part pour mesurer des crânes indigènes avec ses bandes molletières et son faux col en celluloïd. Non, non. Ce n'est pas ça. Alzheimer, ce n'est pas quelqu'un. Alzheimer, c'est le dernier article à la mode. Ça vient de sortir. Pas un prix littéraire, non plus. Mieux que ça. Ce n'est pas seulement pour les membres du cénacle, c'est à la portée de tout le monde, même des pauvres, même des rastaquouères. Alzheimer, c'est la maladie intégrale, celle qui ne touche pas les organes pour que ça dure plus longtemps, celle qu'on ne peut pas montrer parce que tout se passe à l'intérieur. C'est la maladie qu'on avait à peine osé rêver. Le martyre, là, à portée de main, la promesse d'un coin de ciel éternel en échange d'un modeste bout d'enfer sur la terre. On ne pouvait pas rater une aubaine pareille, c'était trop beau! Alzheimer c'est la grande misère, une saloperie qui s'attaque aux vieux, tellement vicieuse qu'elle n'a même pas besoin de microbes pour s'infiltrer. C'est le fin du fin, et c'est cette maladie, entre mille, qui nous est tombée dessus. Il n'y a pas eu de diagnostic. Pas la peine. On n'allait pas appeler un médecin pour si peu, laver son linge sale sur la place publique, déballer ses ulcères. Les médecins, de toute façon, c'est bon pour les rhumes ou les furoncles. Eux, ils s'occupent du tout-venant, leur catalogue va du pipi au lit aux oreillons, de l'épilepsie aux croûtes de fromage sur la peau, le cancer du petit doigt, la chute des cheveux, les cailloux dans la vessie... Toutes maladies bien connues, cent fois recensées, des maladies avec leurs lettres de noblesse, des maladies qu'ont eues Louis XIV, Cromwell ou le roi des Belges, des qu'on peut prendre en photo, avec du rouge, du bleu, du vert, des moches, des salissantes, des qui sentent mauvais, mais qu'on trouve dans le dictionnaire. Mais l'autre, la plus belle, ce n'est pas le rayon du médecin. D'abord on ne sait même pas ce que c'est, ni comment ça s'attrape. Il n'y a pas de mode d'emploi. C'est bien pratique, tout le monde a le droit d'en tâter. Une maladie de purgatoire en attendant l'enfer, sans préjugé de classe ni de fortune.

Voilà. De simple vieille femme qui attend la mort, ma pauvre mère est devenue un cas médical carabiné, objet d'étude, de conjectures, presque une curiosité locale. Et d'où tient-elle donc ça? On épluche l'arbre généalogique pour y dénicher le premier porteur de la tare. Mais non, rien, la maladie est trop neuve, on ne trouvera rien dans les archives. Alors?

Pour Perpétue, c'est évident. C'est une épreuve envoyée à la famille. Holà! Par qui, par quel quimboiseur? je demande. Perpétue me foudroie du regard. Blasphème! Alors pourquoi? Pour rien, dit-elle. Parce que c'est notre lot à tous. Parce que Dieu est amour. (Elle prononce amoûrrrr.) Parce qu'il nous éprouve, parce qu'il veut vérifier que nous avons bien confiance en lui, que nous y croyons aveuglément. Mouais... Il ne doit pas être trop sûr de lui, pour se livrer à des combinaisons pareilles. Ça, évidemment, je le garde pour moi. Une maladie grave, ça suffit. Merci les cyclones. Je connais ma sœur. Dans le genre tempête... Je ne vais pas en rajouter.

Bien sûr, quand on y songe, rien ne prouve que c'est bien ce qu'elle a, ma mère. Je ne suis pas ici assez souvent pour pouvoir apprécier tous les symptômes, mais il semble que tout soit arrivé très vite, après la mort de Papa. Maman, seule dans cette grande maison, isolée. Une tombe. Ma sœur l'a prise chez elle. C'est tout Perpétue, ça. Noblesse du cœur. Mais une fois chez elle, elle a vite remarqué que Maman perdait un peu la tête, qu'elle oubliait ce qu'elle était en train de faire, qu'elle laissait facilement brûler quelque chose sur le feu. Ou bien qu'elle restait là sans bouger, de longs moments, les yeux dans le vide. Elle avait mis cela sur le compte du chagrin. Et de l'âge.

En fait, la maladie avait peut-être déjà commencé avant, du temps de Papa. Mais la fin de Papa a été si longue et si douloureuse que nous n'avons rien vu, bien sûr. La maladie de Maman est passée au deuxième plan. Et puis j'ai été informé trop tard, comme de bien entendu. On ne me dit jamais rien. On m'appelle quand l'accident est déjà arrivé. Comme pour cette histoire d'argent volé. Que voulez-vous que j'y fasse? De toute façon, cette maladie est incurable. Il faut faire avec. Et adoucir autant que possible le sort de Maman.

Ici, maintenant, tout ce qu'il y a à faire, c'est de songer à l'installer confortablement. J'essaierai de ne pas rentrer trop tard, mais elle sera seule pendant toute la soirée. Où la mettre? Voyons. La télé! Mais oui! Bien sûr! Elle sera bien, là, devant la télé. Aucun danger. Et puis, elle aime ça. Elle passe des heures devant. Elle regarde tout, les feuilletons, la publicité, même les sports! Sans bouger. D'ailleurs, tout le monde aime la télé. C'est bien pratique, on n'a plus besoin d'aller prendre des coups de soleil ni de respirer la sueur des autres...

Elle est à peine installée que le téléphone sonne. Quoi, encore?

C'est Perpétue.

— Léobard, j'ai oublié de te dire, à propos de Maman... Elle se déplace, parfois, comme ça, sans prévenir, dans son fauteuil. Elle ne se rend pas vraiment compte, tu comprends... Ici, heureusement, elle reste toujours au rez-de-chaussée, et puis je suis là, je peux surveiller. Mais chez toi, tu imagines?... Un de ces jours, tu vas la retrouver dans l'escalier de la loggia, brisée, rompue, étendue au soleil, et nous n'aurons plus assez de larmes pour pleurer... Sois prudent, Léobard. Songe qu'elle va rester seule toute la soirée... Et si elle s'endort, qu'elle tombe à terre... c'est si vite arrivé, une mauvaise chute, une fracture... J'en suis malade, quand j'y pense. Est-ce qu'on ne peut rien faire? La pauvre... Franchement, j'y ai réfléchi. Le risque est trop grand. Je me demande... je me demande si tu ne devrais pas l'attacher. Oui... Seulement pour ce soir, tu penses bien! Tu sais comment elle aime la télévision. Elle ne s'apercevra de rien, si ça se trouve. Il suffira de la fixer avec une ceinture et d'attacher le fauteuil à un montant de la table de ton salon. C'est possible, n'est-ce pas? Tu as bien une ceinture, je suppose? J'ai tellement peur, Léobard, quelque chose me dit qu'un malheur va arriver si nous la laissons seule... Il faut l'attacher, c'est la seule solution... Il faudrait l'attacher toujours, maintenant. Bien solide. C'est pour son bien, tu comprends. Pour son bien... Parce qu'on l'aime, tu comprends?

Dans la voiture, pendant le trajet qui nous ramène chez Perpétue, le silence est glacial. Il est bien le seul! Pour le reste, j'ai l'impression de mijoter dans une marmite à pression, avec un restant de poisson ou un fond de tripes rances. À côté de moi, Pilade se tient droit comme un i, cramponné à son siège, muet. Hé! Je sais conduire, tout de même! Est-ce que c'est ma faute, à moi, s'ils ne savent pas faire les routes, dans ce pays? Ça tourne sans arrêt, c'est plein de voitures qui surgissent de partout, sans compter les piétons qui se prennent pour des rois et les bœufs qui se prennent pour des vaches sacrées…

En Afrique, au moins, j'avais un chauffeur. Je savais qui engueuler! Pilade ne dit rien, mais ses silences pèsent plus lourd que les vociférations de Perpétue. Et puis, cette idée de ceinture, elle n'était pas de moi, non? On ne va pas venir me la reprocher, maintenant, me faire passer pour un tortionnaire! Évidemment, ligoter une vieille dame sur sa chaise, ça fait un peu bandit. On n'a plus qu'à lui griller les pieds… L'image me fait frémir, malgré la canicule.

Pilade soupire, la main crispée sur la poignée de sa portière. Il croit peut-être que ça m'amuse de faire le taxi ou la bétaillère! Et pour couronner le tout, cette odeur abjecte. Je ne comprends pas moi-même comment j'ai pu accepter de laisser monter cette bête de l'Apocalypse dans ma voiture. Je décline, ma parole! Résultat, nous allons puer comme des blaireaux toute la soirée! Je vois déjà les gestes discrets et les sourires en coin. Les gamins vont nous jeter des pierres! Et Perpétue qui va nous gratifier de son visage des jours de grande souffrance… Ah, il s'annonce bien, l'anniversaire!

PERPÉTUE

Un vol, vraiment? L'argent de Maman envolé, disparu, volatilisé? C'est impossible. Dans ma propre maison! Comme si ça ne suffisait pas, comme si je n'avais pas assez de soucis! Ça fait des jours que ça me mine, la perspective de cet anniversaire. Jusqu'à la moelle, ça me creuse, ça me calcine. C'est pourtant un honneur qui m'est fait, la consécration d'une vie de dévouement, de sacrifice... Mais toute cette fébrilité me tue...

On ne m'a jamais comprise, dans le fond. Ou voulu me comprendre. Bien que je sois en perpétuelle ébullition, j'ai, en fait, horreur de l'agitation. Je ne supporte pas le mouvement, aucun, même celui de la Terre. Ça me rend malade. Le moindre écart dans mes habitudes me plonge dans une marmite d'impatience, je me mets à bouillonner, j'éruptionne. L'univers s'effondre à chaque question que je me pose et, pour mon malheur, ce monde n'est fait que d'interrogations. Tout s'écroule, l'amour, la famille, la justice divine, et Dieu qui essaie tant bien que mal de retenir les morceaux avec ses bras, mais il n'en a pas assez, de bras! Il lui faudrait ceux de ces idoles hindoues... Oh mon Dieu, quelle misère!

C'est le démon qui me pousse. Tout m'est une affaire personnelle. Je ne peux pas me trouver face à une situation sans penser à ce que les choses auraient pu être si elles n'avaient pas été comme ça, sans penser à ce qui se passerait si, à ce qui se serait passé si, à ce qui se passera quand... J'ignore le bien, je dédaigne le mieux. Je voudrais la perfection. Je suis une forcenée du bonheur. Pas du mien. De celui des autres! Le bonheur de mes enfants! On me dit que je les ai empêchés de respirer, que c'est moi qui respirais pour eux. Bien sûr! Évidemment! Parce que je savais, moi! Parce que j'avais l'expérience! Je voulais leur éviter cette peine, je voulais assumer pour eux cette tâche ingrate, je voulais qu'ils restent propres! Je les ai torchés jusqu'à l'adolescence, et plus! leur ai coupé leur viande, débarbouillé la figure, curé les oreilles...

Pour Andoche et Honorat, j'ai pu continuer, Dieu merci. Mais Désiré! Quand il s'est marié, j'en ai été malade pendant des semaines. Et pourtant... J'étais prête à étouffer Aphrodise sous une avalanche d'amour, à la broyer entre mes deux seins nourriciers, mais dans le même temps je voyais Désiré risquer de tout perdre, hors de moi... Ça me retournait les poumons, ça m'arrachait la peau. La torture n'a jamais cessé. Je l'encourage moi-même, je m'y livre comme une sainte aux lions... Tous les jours je suis là, près d'Aphrodise, soir et matin, la nuit si je pouvais... Pour l'aider, pour la conseiller, pour alléger sa tâche quotidienne. Fais comme ci, fais comme ça, laisse-moi faire. Désiré n'aimera pas, Désiré n'a pas l'habitude, j'ai toujours fait comme ça pour Désiré...

— Je ne sais pas ce qu'il en pensera, Désiré, me dit-elle... Oh! moi je le sais! Il pensera comme moi. Je suis sa mère...

Je suis épuisée. Mon rêve, dans le fond, ce serait de vivre dans une île déserte, dans le silence et le repos. Cesser d'écouter, de voir, de parler. Arrêter de se jeter des mots à la tête, de regretter ce qu'on vient de dire, de rêver à ce qu'on va dire... Les couples heureux sont ceux qui n'ont plus rien à se dire. Mais je ne peux pas, je ne peux pas...

Ce matin encore, ç'a été plus fort que moi. Ça m'a submergée d'un seul coup, un cyclone, un naufrage. Une humiliation comme jamais. Après cinquante ans de vie commune, cinquante ans de sacrifice, d'abnégation, de dévouement sans réserve! Est-ce qu'il a pu me faire ça, vraiment? Je ne sais plus où me mettre, je ne sais même pas comment je vais paraître ce soir. Je ne peux pas pleurer, tout de même. Je ne veux pas. Mais la rage qui me tient! Je voudrais, je ne sais pas, moi... Le ciel ne peut donc pas s'effondrer, le volcan se réveiller, la foudre s'abattre sur lui! Ce soir même, devant la famille réunie, devant ses fils, ses filles, devant moi, il n'aura même pas honte! Grâce au ciel, Maman ne sera pas là, Léobard vient de partir avec elle et Pilade. Ah oui, Pilade! Le monstre! Il n'a donc aucun cœur! J'ai toujours veillé sur son bonheur, à son corps défendant, souvent. J'en avais le droit, le devoir. J'ai veillé dans l'ombre, je ne suis pas du genre à me mettre en avant ou à m'interposer dans les affaires des autres. Discrétion, efficacité. Une ombre! Mais toujours prête. Jamais je ne me suis accordé un moment de repos, entre lui et les enfants, la maison, Maman. Ils ne s'en sont pas toujours rendu compte, bien sûr, ils ne m'ont jamais dit merci. Mais qu'importe, c'est mon lot ici-bas. J'ai toujours accepté mon rôle, je m'y suis consacrée de toutes mes forces. Ma consolation, c'était de voir qu'ils ne manquaient de rien. Dieu sait si je me suis privée, je leur aurais donné un bras, ma peau, mon foie... Je me serais couchée sur eux pour les protéger du froid, j'aurais sucé leur sang pour en avaler les microbes, je les aurais torchés avec ma langue, j'aurais fait... je ne sais pas, moi, tout, absolument tout! Mais jamais, jamais ils n'ont refusé ce que je leur offrais avec tout l'amour dont je suis capable. Jamais! Alors, qu'ils puissent se passer de moi! Je suis tombée de haut ce matin. Une blessure au cœur, à l'âme. Il m'a poignardée! Sans pitié, c'était du vice, de la trahison, de la méchanceté.

Ce matin même, comme tous les matins — comme tous les matins, oui! — à six heures exactes, pas une seconde de plus, pas une seconde de moins, je lui apporte son café au lit. Des années de sacrifices, je le dis! Toute ma vie consacrée à leur bonheur, à traquer le paradis dans les pires recoins pour le leur apporter, tout frais, tout lisse, déjà digéré... Tout pour eux, rien pour moi... Dans l'ombre... On ne peut rien me reprocher, jamais failli, jamais faibli... Oui... À six heures pile, j'étais là. J'avais la tasse fumante dans une main, le café chaud, sucré, tourné, exactement comme il l'aime, c'est mon mari, alors je sais, et de l'autre main j'ai soulevé la moustiquaire pour le lui offrir. J'avais déjà accroché un sourire à ma figure. Le café de mon homme. La joie du réveil, la première offrande, l'amour, l'amour... Oh le traître! J'en ai encore des coupements de ventre. Si je m'attendais à ça! Après autant d'années... Il s'est retourné! Oui, il s'est retourné sans dire un mot, et il a continué de dormir! Il ne m'a pas vue? Il n'était pas réveillé? Ah non, pas possible. Depuis toujours... Il l'a fait exprès. Je l'ai vu, de mes yeux vu! La poitrine me brûle encore. Et j'ai partagé son lit pendant cinquante ans, et je lui ai lavé ses chaussettes, et je lui ai fait son déjeuner, et son dîner, et son souper, chaque jour que Dieu fait. Pendant cinquante ans! Et voilà tout le remerciement. J'ai failli lâcher la tasse, m'enfuir, disparaître sous la terre! C'est donc ça, je n'ai plus qu'à m'emballer moi-même dans un sac en plastique et à me jeter à la poubelle. De ma vie je n'aurais cru ça si on me l'avait raconté. Il a fallu que j'en arrive là! J'aurais voulu appeler mais j'étais affolée. J'étais débordée. Et Maman qui allait se réveiller! Je ne devais pas traîner. L'aider à se lever, à s'habiller, à s'installer dans son fauteuil. Elle ne pèse pas bien lourd, la pauvre, mais son corps inerte, sans vie, entre mes bras... Et personne pour m'aider, évidemment. Je suis la bonne, ici. Tous comme des pachas, à ronfler, à en attraper des crampes du nez...

Et Chilou, mon pauvre enfant! Pourquoi a-t-il fallu qu'il parte loin d'ici? Là-bas, le berceau de toutes les turpitudes, Sodome et Gomorrhe, où même le doigt de Dieu se brise l'ongle. Empoisonné toute l'année avec des poulets précuits, des aliments tout prêts, achetés dans des boîtes, comme pour les chiens, préparés sans l'amour d'une épouse. Je m'étonne, ensuite, quand les intestins de ce pauvre enfant partent en eau de boudin. Et c'est sur moi, bien sûr, que retombe toute la besogne. Sur moi, une fois de plus. Oui, bien sûr, je ne permettrais à personne de soigner mon enfant à ma place. Il ne manquerait plus que ça, que je le livre à des étrangers alors que, plus que jamais, il a besoin de moi! Heureusement, il me restait de l'ail. C'est souverain, l'ail, pour les maux de ventre. Évidemment, ce n'est pas une femme qui aurait songé à ça. Mais ce n'est pas d'une femme qu'il a besoin, Chilou, c'est d'une mère.

Moi, je l'aime, Chilou. J'aime mes enfants. J'ai toujours essayé de les préserver, de leur donner ce dont ils avaient besoin. Moi, je leur ai donné l'amour, le vrai. Et c'est vrai qu'aucune autre n'a pu rivaliser avec moi. Honorat, Andoche, ils ont compris ça. Ils ne sont jamais allés se salir. Même Désiré. Aphrodise est une honnête fille, dans le fond. Elle sait se tenir à sa place. Elle sait où sont ses limites. Jamais elle n'a pu imaginer qu'elle pourrait me remplacer un jour. Au contraire, je dirais même qu'elle me seconde dans cette tâche difficile qu'est le service de mes enfants. Elle a vite compris, et si elle n'était pas aussi rêveuse, elle serait presque parfaite. Enfin, la perfection sur cette terre...

Mais Chilou, Seigneur Dieu! Qu'est-ce que j'ai donc fait pour mériter ça? Ou pas assez fait, peut-être? Est-ce que j'ai quelquefois relâché mon attention, manqué d'amour pour lui, est-ce que je ne me suis pas assez sacrifiée? Ses trois frères ne m'ont pas donné tout ce mal. Jamais ils ne se sont laissé approcher par des catins, des dévoreuses, des suceuses, des vampires... Jamais elles n'ont eu en tête de tourner autour d'eux. Je les avais élevés. Alors, pourquoi Chilou? Il n'avait pas quinze ans que déjà elles tournaient autour de lui comme des coches. J'aurais dû être plus ferme, je le vois aujourd'hui. Mais alors j'ai fermé les yeux, je l'ai laissé sortir. La fatigue, peut-être. Il est vrai que Désiré l'accompagnait souvent, et je pensais qu'en tant qu'aîné il saurait lui éviter les pièges. Je me suis trompée. Désiré ne me racontait pas tout, j'en suis certaine. Il voulait protéger son frère, ça partait d'un bon sentiment. Il restait en dehors de la voiture, lui, il ne se mêlait pas à ces saletés. Mais il ne m'a pas prévenue assez tôt de ce qui se passait. Chilou succombant sous les coups de ces forcenées, incapable de résister. Si j'avais su... Tiens, je l'aurais déniaisé moi-même! Oui, moi-même! Son petit bijou d'amour... Est-ce qu'une mère ne peut pas faire ça pour son propre fils? Au moins ç'aurait été fait proprement. En famille. Seulement voilà, je ne l'ai pas fait. Oh, je suis la seule coupable, je sais bien. Je me battrais! J'ai manqué de clairvoyance, j'ai manqué d'attention. Et voilà où j'en suis aujourd'hui. Devoir profiter d'un petit mois de vacances pour remettre mon Chilou en santé, pour lui donner tout ce que les autres lui refusent.

Je n'en peux plus. Toutes ces responsabilités, je ne sais plus où donner de la tête, je tourne en rond. J'en viens à négliger Maman. Mais ils me rendent folle, tous! L'argent qui a disparu, la suspicion jusque dans la famille... Cette ambiance nous enveloppe, nous pénètre, nous contamine. Le mal est en nous. Même Maman. Oui, Maman est atteinte, elle aussi. Voilà qu'elle se sauve, maintenant! Oh non, où en sommes-nous? Je la laisse devant la télé, ou dans un coin de la cuisine, et cinq minutes après je ne la retrouve plus. Au début, je pensais que, peut-être, un des enfants l'avait mise ailleurs. J'ai même cru un moment, ce matin, que c'était lui, cet étranger qui m'a volé Dou, qui a volé l'argent, qui s'était permis de toucher à Maman , de toucher à son fauteuil! Là, j'ai cru toucher le fond. J'ai senti la démence. J'ai prié.

Et pourtant non. Personne ne la déplace. Elle le fait elle-même! Elle a encore la force d'actionner son fauteuil. Et elle se sauve! Elle disparaît, elle va se cacher. Pourquoi? Mais je ne sais pas, moi! C'est affreux! En tout cas, c'est mauvais signe. Elle n'a plus toute sa tête. Si au moins on pouvait lui parler. Je veux dire, si au moins elle répondait, si elle comprenait. Comment savoir? Andoche lui parle, lui, je sais combien il est patient. Et moi, donc! Jamais je ne passe près d'elle sans lui dire un mot. Comment te sens-tu, Maman? Est-ce que tu es bien installée? Tu as tout ce qu'il te faut? Est-ce que le soleil ne te gêne pas trop? Veux-tu que j'aille chercher ton chien? Oui, même son chien, j'y pense. Ce n'est pas que je l'aime, cette bête, loin de là. Je la renverrais volontiers d'où elle vient. Elle sent, elle laisse des poils partout, et des saletés. Mais je sens que Maman y est attachée, et je n'aurais pas le cœur de les séparer. Alors j'accueille le chien comme j'accueille Maman, même si mon nez doit finir par tomber. Et puis avec lui, elle est en sécurité. Vraiment, je n'ai rien à me reprocher, non, je ne vois pas... Elle a tout, dans cette maison. Elle n'a jamais été aussi heureuse, peut-être, entourée de chaleur et d'amour. Alors, ces fugues, je n'y comprends rien, rien…

On dirait parfois qu'elle-même n'a pas survécu à Papa. Depuis que nous l'avons installée ici, elle a sombré dans cette espèce de solitude, une solitude impénétrable, la pire, celle du silence. C'est pourtant ce que nous avions voulu lui éviter, c'est pour ça que nous n'avons pas voulu la laisser seule dans cette grande maison, même si cela avait été la maison de sa vie. Nous pensions qu'il lui fallait un entourage familial, chaleureux et solide. Et c'est l'inverse qui paraît s'être produit. Dès son arrivée ici, elle a semblé se retirer du monde. Elle ne parlait pas. Nous comprenions et nous respections sa douleur. Nous la laissions seule, par discrétion. Puis elle n'est plus sortie de sa chambre, et petit à petit elle a même cessé de marcher et de se lever. Tout cela s'est passé lentement, bien sûr, très lentement, et nous n'avons jamais vraiment réalisé ce qui arrivait. C'est Chérie qui, à l'occasion d'un de ses passages ici, nous a un peu secoués.

Je n'ai jamais compris très précisément quelle était la nature de la maladie de Maman, mais le fait est qu'à part la télévision, aucune activité ne semble la tirer de sa prostration. Nous avons pourtant fait notre possible pour qu'elle ne se sente jamais abandonnée, jamais rejetée ou inutile. C'est pour cela que, plus tard, nous avons décidé de lui laisser faire sa cuisine elle-même. Une idée de Chérie. Nous lui donnons ce qu'elle aime, tout en veillant à ce que sa santé n'en pâtisse pas. C'est une vigilance de tous les instants, mais discrète. Ni sucre ni graisse, bien entendu, ni rien qui puisse la rendre malade. S'en rend-elle compte? Difficile de savoir vraiment, mais je pense sincèrement qu'elle comprend.

J'ai souvent feuilleté les revues que Chérie apporte avec elle pendant les vacances. On y parle de beaucoup de choses, et il y a toujours une chronique médicale. J'essaie d'y retrouver les symptômes dont souffre Maman. Ce n'est pas facile. J'ai beau lire attentivement, à chaque nouvel article je crois découvrir pour de bon le mal dont elle est atteinte. C'est affreux, le nombre de maladies qui existent, et qui se manifestent presque toutes de la même façon. Comment s'y retrouver? Elles ont toutes des noms barbares, je ne sais pas laquelle choisir. Choisir. Le mot est horrible! Comme si on pouvait choisir son calvaire, comme si on pouvait choisir sa mort! Mais qu'a-t-elle donc? Pour Pilade, bien sûr, c'est tout simple. Maman est vieille. Quel insensé! Comprendra-t-il un jour que lui aussi, il est vieux? Je devine qu'il se console en trouvant plus vieux que lui, et c'est pourquoi je lui pardonne ce cynisme. Ce n'est pas du cynisme, d'ailleurs. Aucune méchanceté en lui. Mais il vieillit, nous vieillissons tous terriblement, et il ne se rend pas compte que son jugement n'est plus le même qu'autrefois. Oui, Maman est vieille, mais ce n'est pas tout. Elle est rongée par un mal que personne ne peut nommer, et c'est cela sans doute la caractéristique la plus abominable de cette maladie. Comment peut-on faire face à quelque chose qu'on ignore? Finalement, qu'importe le nom du mal, qu'importe son origine. Il ne reste qu'à prier. Alors je prie. Nous prions, tous, même pour ceux qui ne prient pas…

En attendant, nous ne pouvions pas infliger à Maman la foule et le vacarme qui vont baigner notre fête d'anniversaire. Cela me semble évident. C'est Chérie qui a soulevé le problème, hier. Nous n'y avions pas pensé, mais tout le monde a été d'accord. Sauf Dou, qui n'était pas là, et Léobard.

Léobard semblait outré qu'on veuille écarter sa mère d'une fête pareille, une fête à laquelle elle avait droit, dont, au bout du compte, elle devait être la reine. Il a fallu toute ma diplomatie pour lui faire entendre raison. Et, finalement, la décision a été prise. Léobard emporterait Maman chez lui en début d'après-midi.

J'ai envoyé Pilade s'habiller. Il a grogné. Ses chaussures, bien sûr… Mais qu'y faire? Nous ne sommes pas sur cette terre pour nous amuser. Puis je suis allée voir Maman pour lui annoncer notre décision. Moi qui pensais que tout s'arrangeait enfin, après cette matinée d'horreur! Seigneur! Il était dit qu'on ne m'épargnerait rien! Le summum! Le coup de grâce! J'ai bien cru que j'allais m'évanouir! J'allais entrer dans le sous-sol, et voilà qu'il était là, lui, ce criminel sans nom qui a réussi à s'introduire sous notre toit. Il n'a même pas eu honte! Il n'a même pas détourné les yeux! Aussi tranquille que s'il avait été en train de s'habiller pour la messe. Il se tenait debout près du chien, son forfait accompli. Mais qu'est-ce qui lui avait pris, Sainte Vierge! Le repas de Maman! Sa casserole! Oh mon Dieu, non! Elle était par terre, et le chien avait la gueule dedans jusqu'aux oreilles!

PILADE

Cinquante ans de mariage... Oui, et alors? Quelle idée de faire tout ce foin autour! Cent ans de solitude, par exemple, ça oui, ce serait quelque chose. Un exploit, un record. Un chef-d'œuvre! Mais cinquante ans d'habitudes ronronnantes, cinquante ans de compromis mesquins, de fonds de café tièdes, de sourires déshydratés avec seulement la moitié des dents, pas de quoi le claironner... C'est bien de Chérie, cette idée de vouloir faire jouer les violons pour une occasion aussi plate. C'est plus fort qu'elle, elle ne peut pas laisser les gens tranquilles, il faut qu'elle les pousse au bonheur, à la fête, bon gré mal gré. Je suis trop bon, aussi. J'aurais dû dire non tout de suite, arrêter cette mascarade. Seulement je n'ai rien dit. Comme d'habitude. Maintenant, c'est un peu tard.

C'est bien simple, je ne peux plus mettre les pieds dehors sans tomber sur un anniversaire. Funérailles! C'est une calamité, une malédiction. Les noces d'or, le millénaire capétien, le bicentenaire de la Révolution. Et quoi d'autre? Ah oui, Colomb. La mise à sac des Amériques, le coup d'envoi de la ruée vers l'ouest...

L'Ouest. Un phare imaginaire. Un beau phare, tiens! Tous, ils sont venus s'y écraser, à longueur de siècles. Une obstination d'insectes. Tout ce qu'il y avait de plus affamé dans le genre primate, de plus crasseux, de plus assoiffé de sang… Ils s'y sont jetés comme la misère sur le monde. Celtes, Wisigoths, Vandales, Huns, tous, les uns après les autres, à pied, à cheval, avec et sans culotte, en attendant la grande vague jaune, l'ultime raz-de-marée, la der des ders…

Les dinosaures, déjà, ils devaient s'y précipiter comme des mouches. C'est pour ça qu'il en a tellement crevé, jusqu'en Amérique, jusqu'au pied des Rocheuses. Pouvaient pas aller plus loin. Soixante millions d'années après on en parle encore, on en déterre toujours, allongés comme des sardines sous des strates poussiéreuses, là-haut, dans les Badlands, la tête tournée vers l'ouest.

L'Est, c'est une autre histoire. L'Est, c'est où ça sent bon. Thé au jasmin, art du bouquet, céleste empire et papier d'Arménie, arrachage des ongles et dénervation au bistouri. Distingué. Mais l'Ouest, non, vraiment, il n'y a pas à dire, c'est le retour à la bête. Aucun style. Les barbares qui fondent sur Rome et sur Byzance, les sales qui puent des pieds et viennent pisser sur les cothurnes en soie du grand eunuque, violer sa mère, sa grand-mère, ses chats, et incendier la bibliothèque. Tout un programme, l'Ouest. À la queue leu leu, les atroces qui débarquent, chacun pire que le précédent… Pendant des siècles. Et quand l'Asie en a eu fini de dégorger ses va-nu-pieds et ses culs nus, que même les Mongols ne mangeaient plus avec leurs doigts et ne buvaient plus dans des crânes, il a bien fallu trouver autre chose. Découvrir l'Amérique. Depuis le temps qu'elles s'écrasaient sur la douce Gaule comme dans un cul-de-sac, les tribus sauvages, ça devait bien finir par déborder. Alors arrive Colomb. Une aubaine, Colomb! Une soupape, une sortie de secours. Par-là, de l'autre côté de l'eau, il y a moyen de ratonner. Et des tout neufs, mon vieux! Puceaux comme des roses! Alors on ramasse les malfrats dans les ruelles, on dératise les faubourgs, on vide les prisons, on empile le tout sur la *Santa Malaria* et vogue la galère. Aux rames citoyens, bon vent! Toutes voiles vers l'ouest! Ça soulage.

Ils y ont collé les pires aventuriers, sur leurs galères, des méchants, des systématiques dans le massacre. Là-bas — ici, je veux dire, dans les îles — c'était doux comme du beurre. Contre eux, c'était que des sauvages qui vivent à poil au soleil, avec rien d'autre à faire qu'à se passer la main sur le nœud jusqu'à ce que ça dégorge. Ils attendaient leur ange exterminateur, c'était annoncé dans les prophéties. Du gâteau! Pas de résistance... Le moindre barbu qui fait les gros yeux et ça s'effondre... Tandis que les conquérants, des solides! Des gars capables de se laisser pourrir tout vivants dans une armure en fer par quarante-cinq degrés à l'ombre et quatre-vingt-dix-neuf pour cent d'humidité sans se plaindre, voilà des gens capables de tout. Les Cortez, les Pizarre, les Aguirre, c'était pas des éventreurs du dimanche, des massacreurs à la petite semaine, des pue-la-sueur du couteau à ouvrir les ventres. Eux, le génocide, ils savaient faire. En grand. Ça n'a pas duré longtemps. Et quand ils ont eu tondu les Indiens, vu qu'on ne pouvait pas les faire marner dans les champs de canne, qu'on ne pouvait même pas en faire des sacs à main, ils les ont rayés de la carte.

Ç'a été le premier boom de l'or noir. Plus d'Indiens? Pas grave. On ouvre en grand la pompe à nègres. Par pleins bateaux, ils nous ont amenés ici pour nous faire trimer. Au fouet. Et comme si les bateaux n'avaient pas suffi, on leur a offert nous-mêmes un supplément de main-d'œuvre. Gratuite. On aimait ça, les chaînes! On ne voulait pas que ça se perde! Alors on s'est reproduits comme des lapins, des lemmings, on leur a fait des enfants, des petits ouvriers pour pas un sou, dont l'unique souci dans la vie serait d'essayer d'éviter les coups, dont l'unique perspective serait de crever au soleil, le dos couvert de zébrures, après s'être arraché la peau des mains en coupant la canne et celle des épaules sous les coups d'étrivières.

Plus tard, les coups de pied au cul ont remplacé le fouet, mais ça n'a pas changé grand chose. Plus de chaînes, mais pas même un caleçon propre à soi. Une jolie farce, l'abolition de l'esclavage! Au lieu de s'échiner pour rien, en tirant un peu au cul quand on pouvait, on devait bosser deux fois plus pour gagner de quoi nourrir la moitié d'un estomac. On était libres mais ils ne nous donnaient plus rien, fallait tout payer. Cher. On leur achetait à eux, bien sûr. Pas cons, les maîtres. Du profit des deux côtés. Et nous, évidemment, toujours les derniers à comprendre, au boulot à journées doubles, triples, même la nuit, pour sucrer le café de la famille. Pas la nôtre, évidemment...

Pourtant on est restés. Malgré tout. Quoi faire d'autre? Retourner en Afrique? Plus possible. Plus pour nous. Nègres jusqu'au trognon, mais élevés comme des blancs, éduqués comme des blancs, défenseurs des blancs. Des nègres dont ils n'avaient même plus besoin. Qu'est-ce qu'ils pouvaient faire de nous? Nous coller dans des réserves, comme chez le grand voisin du nord? Non, on est plus fins, par ici. Les subventions, même dérisoires, ce n'est pas dans la mentalité. La bonne conscience, elle est innée, pas la peine de se l'acheter, comme les Américains. Des fameux comiques, ceux-là! Ils n'ont pas le droit de se déguiser en Indiens, mais ils ont celui de les flanquer dans des réserves, avec juste un peu de colle et de tord-boyaux pour qu'ils s'occupent. Plus besoin de les empoisonner, ils font ça tout seuls. Et on me dit que ces gens-là sont allés dans la lune! Non, non. Pas tous. Trois, seulement. Les autres, ceux qui croient qu'ils ont inventé la pizza et que la porte de l'enfer est cachée derrière le trou du cul de leur femme, ils n'ont pas bougé. Ils donneraient plutôt dans l'antique. Ils comptent encore en pouces, en pieds, en livres. Pourquoi pas en coudées ou en jet de chique, hein? Dans la lune? Dans la merde, oui. Culs-terreux, c'est peu dire. Ils ont les pieds dedans jusqu'aux arcades sourcilières. Des dinosaures motorisés! Et encore, pas dans la finesse!

Les réserves, ici, ce n'est pas la peine. On y est déjà. Ces îles de la Caraïbe, c'est des villages de vacances, des parcs d'attraction, des cartes postales. Avec dans le rôle du clown-animateur : moi. Nous tous. Tant qu'on saura couper une noix de coco en deux et préparer un punch en tortillant du cul, on nous laissera tranquilles. L'essentiel, c'est de rester couleur locale. C'est tout ce qui reste de nous. Des vieux cons, des anachronismes, des pièces de musée. Que les vieilles s'habillent en madras et qu'elles fument une bouffarde en bois, c'est bon, on les assoit sur le pas de la porte et on les fait voir aux touristes. Avec un peu de chance, on les verra en photo dans un magazine. *Vieilles femmes créoles fumant la pipe.* Mais va pas la fumer chez eux, ta pipe, là tu les pollues, tu les outrages! Exotique, oui, immigré, non...

Ma belle-mère, par exemple, elle est tout, elle, sauf exotique. Aucun intérêt. Une vieille comme tout le monde, veuve, perdue dans un monde qu'elle ne comprend plus. D'ailleurs, je doute qu'elle ait jamais compris quelque chose. Une existence sans relief. Depuis la mort du vieux, elle vit ici, silencieuse, immobile. Mais est-ce qu'elle a jamais vécu autrement? Épouse de notaire, effacée jusqu'à l'inexistence, vouée au raccommodage de ses chaussettes et à la comptabilité de ses maîtresses. Parce que si quelque chose n'a pas manqué dans sa vie, c'est bien les cheveux qu'elle retrouvait tous les matins sur les revers de veston du beau-père. Cocufiée à tire-larigot, la vieille, sa vie durant. Elle encaissait tout sans rien dire. Une vie passée à se faire aplatir, humilier, néantiser. Lui, à soixante-quinze ans, il allait encore courir! Question quéquette, il assurait, le vieux. Et si ça ne suffisait pas, il lui restait la dot. Parce que non content de lui planter des cornes en rang d'oignon, il l'a aussi dépossédée jusqu'au dernier sou. Quand il est mort, il n'a pas dû lui laisser plus de deux chemises. Une misère. Une pauvre misère qu'on a installée ici, Perpétue et moi. Pas gênante, comme locataire, ça c'est sûr. On ne la voit pas, on ne l'entend pas. Un meuble. Un peu de riz, un peu de poisson, et voilà son bonheur. Qu'est-ce qu'il lui fallait de plus? Rien. Mourir en paix.

Mais même ça, il était dit qu'elle n'y aurait pas droit. Il a fallu que Chérie s'en mêle. Qu'elle décrète (suite à quelles lectures, encore?) que Grand-mère était malade. Mais bon Dieu, qu'est-ce qu'elle voulait qu'elle fasse, à quatre-vingts ans passés? Qu'elle saute à la corde, qu'elle fasse de la planche à voile? Elle était enfin tranquille, cette pauvre vieille, à couler petitement ses derniers jours, bien calée dans son fauteuil, à digérer ses malheurs passés, et il a fallu qu'un dernier orage lui tombe dessus. Entre deux avions, entre deux maris ou deux amants, je ne sais plus, Chérie s'est avisée que non seulement sa grand-mère existait, mais qu'en plus, comme si ça ne suffisait pas, elle était gravement malade! Évidemment qu'on est malade, à cet âge-là! On a la mort, ni plus ni moins. Grand-mère, elle n'est pas plus immortelle que les autres. Mais non. C'était pas assez chic. Il faut qu'on meure de quelque chose. Et comme elle n'avait rien, l'ancêtre, Chérie lui a trouvé quelque chose. Les maladies, maintenant, c'est sur catalogue. On ne peut pas ouvrir une revue sans en trouver une nouvelle.

Moi, j'aurais dit qu'elle était gâteuse, au pire. Mais non, holà, quel manque de goût! Grossièreté! Le gâtisme, ça n'existe plus. Ça n'a jamais existé. Gaga, ce n'est pas une maladie, c'est un gros mot,

une insulte au troisième âge. Ce qu'elle a, la grand-
mère, c'est autrement plus sérieux. C'est scientifique.
C'est écrit en toutes lettres dans le journal, un article
entouré au crayon rouge, dans une revue oubliée sur
la table du salon. Avant, on était vieux, on déraillait,
on perdait la boule. Maintenant, on est aphasique.
On ne vieillit plus, on a subi un traumatisme.

Bon, très bien. Après tout, qu'est-ce que ça
change? On a mis un nom sur un silence, les choses
sont à leur place, tout est en ordre. À la rigueur, on
aurait pu en rester là. Grand-mère est aphasique?
D'accord. Paix à son âme. Il est trop tard pour y
changer quoi que ce soit. Seulement, le restant de la
famille s'y est mis aussi. Pendant des lustres ils
l'avaient eue sous la main, la grand-mère et ses treize
misères, sans que ça les empêche de dormir. Mais
d'un seul coup, ils se réveillaient. Grand-mère est
malade. C'est terrible! Et de quelle maladie monstrueuse, donc? Chérie, ça ne suffisait plus. Ils y sont
tous allés de leur diagnostic. Ses frères aussi, et
Léobard, qui s'imaginent qu'ils ont de l'instruction
parce qu'ils sont gratte-papier dans des bureaux qui
puent le moisi et le dessous de bras... Eux, ils s'en
sont donné à cœur joie! Les tares les plus croqui-
gnoles qu'ils ont pu trouver dans la presse féminine,
qu'ils lisent en cachette dans les cabinets pour que
leur femme, ou leur mère, n'ait pas de doute sur leur
virilité, ils te les ont toutes brandies comme des dra-
peaux. Perpétue ne savait plus ou donner de la tête.
Tu te rends compte, une maladie pareille! Maman
qui n'a jamais eu un rhume, Maman si valide! Mais

qu'est-ce qu'on a donc fait pour mériter ça? On aurait dit que c'était elle qui était malade, Perpétue...

Oui, c'est bien beau, tout ça, mais qu'est-ce qu'on
peut faire, quand on a une maladie pareille dans la
maison, à part se lamenter sur toutes les fréquences?
C'est simple. On compatit, oui, d'accord, mais pas
seulement. On partage. Puisque c'est incurable, il y
en aura pour tout le monde. Le châtiment divin, il
arrosera toute la famille, chacun sa dose. Alors cette
pauvre grand-mère, qui se finissait tranquillement à
la maison, qui ne demandait rien à personne, on a
commencé à la véhiculer de maison en maison. À
chacun son tour de garde, à chacun sa part du fardeau. Léobard n'a pas plus tôt posé le pied sur le sol
natal qu'on lui fait payer sa part. En voiture, Grand-
mère! On part en vacances!

Il a une maison pas loin de la mer, Léobard, qu'il
vient aérer une ou deux fois pas an. Parfait. Et puisque avec la Fête — parce que les cinquante ans de
mariage, c'est les miens, l'ai-je dit? — on ne veut pas
l'avoir dans les pattes, la grand-mère, il a accepté de
l'emmener chez lui.

C'est comme ça qu'il est arrivé là tout à l'heure,
Léobard, transporteur de son morceau de purgatoire.
Sa mère comme un sac de linge sale... Il a fallu que je
l'aide à la charger dans sa voiture de ministre, puis à
la décharger chez lui. Ç'a été une partie de plaisir! La
route, ici, elle ne sait pas ce que c'est qu'une ligne
droite. La grand-mère était mal attachée. À l'arrivée,
elle était à moitié tombée, coincée entre la banquette
et les sièges avant... Comme elle ne parle pas,
Léobard ne s'était rendu compte de rien. Moi non

plus, j'avoue. Heureusement que son chien était là, cette infamie de chien. Il a servi de matelas. Elle a fait le voyage comme ça, à moitié couchée sur lui. Le chien, il n'a rien dit. Il est comme sa maîtresse, il est muet. Tout au plus il gémit, on dirait même qu'il miaule, parfois. Léobard, ça l'a exaspéré tout au long du chemin. Je revois encore sa tête quand il est sorti de la voiture. En constatant l'ampleur des dégâts, il prend un air catastrophé. Bras au ciel, soupirs, mea culpa, le grand jeu. S'il avait su, s'il s'était rendu compte, vraiment il se serait arrêté. Il le jure. — Pauvre Maman, pauvre Maman, il répète en tournant en rond...

Pendant ce temps-là, la maman, elle est toujours sur le chien. Affligeant. Il faut que j'aille ouvrir le coffre moi-même pour sortir le fauteuil roulant. Ensuite, j'ai besoin de son aide. On ne peut pas la laisser en bas toute seule. Ni même sur la loggia. Il faudra l'enfermer dans la maison. Dans une chambre. Non, pas l'enfermer pour l'empêcher de sortir, je veux dire. L'enfermer pour qu'on ne puisse pas entrer, pour qu'elle soit en sécurité...

Avec pas mal de précautions, on réussit à la redresser, à la sortir de l'auto et à l'asseoir. Je la pousse jusqu'au bas de l'escalier et on se place un de chaque côté pour la hisser là-haut. Une vingtaine de marches, avec un palier à mi-hauteur. Léobard n'est pas beaucoup plus vieux que moi, mais je suppose que dans son immeuble bien élevé, il y a un ascenseur. Au bout de cinq marches, j'ai l'impression qu'il n'en peut plus, qu'il va tout lâcher, que nous allons dégringoler tous les trois, tous les quatre en comptant le fauteuil. Sans parler du chien qui se prend dans nos jambes. Quelle plaie! Il m'énerve, ce rat puant, il m'énerve. Je lui décoche un coup de pied dans le groin en jurant. Évidemment, je perds l'équilibre. Pour me rattraper, je dois prendre appui sur le fauteuil, et là, ça ne rate pas, Léobard, de son côté, lâche tout! In extremis je cale le dossier du fauteuil sur ma hanche et je l'immobilise contre la marche. On a l'air fin, là, tous les trois sous le soleil. Pauvre Léobard! Il ne sait plus quelle attitude adopter pour rester digne.

Bon, trêve de commentaires. On reprend le fauteuil et l'ascension. Léobard, pendant ce temps-là, s'est ressaisi. Ça y est, il bombine, il tire, il pousse, il donne des conseils, il m'explique comment il faut faire... Si je n'avais pas l'habitude de l'entendre — et de m'en fiche — je lui balancerais un coup de pied, comme au chien! Une fois en haut, Léobard reprend son souffle. Satisfait tout de même. Il lui manque plus que des galons à l'épaule. Il dit qu'il y arrivera tout seul, maintenant.

Tant mieux. Moi, il m'a épuisé. Et il faut que j'aille pisser. J'y passe un bon bout de temps. Le temps qu'il faut pour respirer tout seul... À un moment, j'entends le téléphone sonner. Je ne bouge pas...

Quand je reviens enfin dans le salon, la grand-mère est installée pour la soirée. Finalement, Léobard a opté pour la télé. Pas pour elle seulement, je devine. La télé, la pauvre, elle s'en fout, elle ne la voit probablement même pas. Mais avec le son et la lumière, ça donnera un petit air habité à la maison. Non pas qu'on risque de nous l'enlever, l'ancêtre, loin de là, mais si on doit compter sur son chien pour monter la garde... Encore que, il pue tellement, je ne vois pas qui serait disposé à subir volontairement un supplice pareil pour trois pièces d'argenterie. Enfin, tout est prêt, on peut y aller. Léobard salue une dernière fois sa mère. — Repose-toi bien, Maman, on n'en a pas pour longtemps. Et il lui donne une petite tape sur l'épaule, à la fois paternelle et filiale. C'est lui l'homme, il veut qu'on le sache.

Il a quand même fait un peu fort, l'homme! Je me précipite juste à temps pour empêcher Grand-mère de s'effondrer sur le côté. Léobard toussote, gêné. Je l'entends murmurer : — Elle a raison... il faudrait l'attacher, peut-être...

Je le regarde. C'est comme si je venais de le surprendre à dire pipi caca au beau milieu de la messe... Léobard a l'air effaré. Il regarde sa mère, ratatinée sur son fauteuil. Je suppose que son imagination travaille, qu'il la voit glisser, tomber de son fauteuil, se fracasser le crâne sur le carrelage, de la cervelle partout... Il transpire, et ce n'est pas seulement la chaleur. Alors il hoche la tête, avec son air de profondeur, comme s'il venait de prendre une grave décision tout seul, prend une de ses ceintures qui traînait sur un dossier de chaise et, sans dire un mot, il attache solidement sa mère au dossier de son fauteuil. Deux tours, la ceinture, elle n'est pas bien épaisse, la pauvre. Enfin il s'éponge le front, il ajuste sa cravate, nous pouvons enfin y aller. La vieille n'a pas ouvert la bouche.

Il passe devant, Léobard, toujours son allure de prince égaré dans un faubourg. Mais il est un peu perturbé quand même. Au beau milieu de l'escalier, il manque de se casser la figure sur le cadavre du chien. Le cadavre miaule, la puanteur explose! Léobard fait une tête comme s'il venait d'avaler un verre d'huile de ricin. Moi j'ai l'habitude, et puis j'ai déjà un autre sujet de préoccupation. Mes chaussures! Je n'y couperai pas, Perpétue va y veiller! J'ai déjà le costume de croque-mort sur le dos, trop petit, lui aussi, depuis des années. Mais les chaussures, c'est le pompon! La dernière fois que je les ai mises, c'était pour un enterrement, comme d'habitude. Le mien, presque! Des chaussures que je mets une fois ou deux par an, depuis plus de quarante ans, pour aller de l'église au cimetière. Elles sont d'une pointure trop petites; avec ça aux pieds, j'ai l'impression de marcher sur des clous. Et on s'étonne que je sois de mauvaise humeur! Funérailles! Même la veuve avait réussi à me mettre hors de moi, ce jour-là. — Hé ben, m'sieur Pilade, elle m'avait lancé, vous avez pas l'air bien à l'aise. À l'aise! La vache! On me fait piétiner pendant des heures sous un soleil de plomb fondu, derrière le cadavre d'un pauvre diable qui n'a jamais attendu de la vie autre chose que ça se termine, un gars qui va enfin dormir à l'ombre sans qu'on le dérange, pendant que moi j'ai les pieds pris dans des sabots d'inquisiteur, et tout ce qu'on trouve à me dire, c'est que j'ai pas l'air bien à l'aise! Elle se payait ma tête, la veuve! J'en fume encore. Satanées godasses! Pas à l'aise! ils disent. Mais ils se foutent de moi, oui!

Combien de temps est-ce que je vais tenir? En montant dans la voiture, j'anticipe déjà le calvaire. Et ce n'est pas tout! Je n'ai même pas refermé la portière que déjà je mesure l'ampleur du désastre. Ce n'était pas assez de me déguiser en clown, de me broyer les pieds dans ces chaussures de carnaval, il faut aussi qu'on m'asphyxie! Malheur de chien! Son odeur s'est incrustée dans le velours des banquettes! C'est foutu, irrécupérable! La voiture est bonne pour la casse! Et dire qu'il y a trois quarts d'heure de route jusqu'à la maison!

Dans la voiture, Léobard me demande ce que j'en pense, du vol du magot. Tout le monde y est allé de sa théorie. Moi, je n'ose pas en parler, on va encore dire que c'est de ma faute. Que je n'avais qu'à ranger l'enveloppe, la mettre en lieu sûr, la glisser entre deux paires de draps… Mais pourquoi moi, encore? Je ne suis pas là pour ramasser leurs cochonneries! Et puis si ça se trouve, il n'est pas loin, cet argent. On le retrouvera ce soir entre deux assiettes sales, dans le frigo ou sous le micro-ondes. C'est un tel bazar, cette cuisine.

J'ai une autre idée, mais je me garde bien d'en parler. Si quelqu'un l'a vraiment pris, cet argent, c'est qu'il se trouvait déjà là et qu'il en avait besoin. Pas la peine d'inventer des extraterrestres. Et là, je ne vois que Chilou. Enfant gâté, enfant pourri, Chilou. De quoi est-ce qu'ils s'imaginent qu'il vit, là-bas, soi-disant étudiant dans les villes-lumière? D'amour et d'eau fraîche? Bamboulas, orgies, oui! Je le vois bien quand il rentre, les yeux en trou de pine et une haleine de bidet. Une vraie vie de fils de famille… Alors, puisqu'il l'avait sous la main, une fortune qui devait lui revenir de toute façon, tôt ou tard, pourquoi pas? Qu'est-ce qu'ils en feraient, les autres, de ce trésor? Rien. Ils le couveraient jusqu'à ce qu'il ne vaille plus rien. Chilou, au moins, il jouit par les deux bouts. Alors qu'il les garde, les billets! Il les a bien mérités. Oh je sais, il aurait pu partager avec ses sœurs, avec Dou, tout au moins. Mais, après tout, c'est leurs affaires. Leur patrimoine. De quoi je vais me mêler?

Mon rêve, ce serait de pouvoir m'abstraire. Vivre ailleurs, voir tout ça de loin. Ou ne plus voir. Ne plus avoir à m'affliger devant ces spectacles désolants. L'histoire du chien, par exemple. J'aurais dû rire. Encore une idée de Chérie. Il y avait vraiment de quoi s'extasier! J'ai été raisonnable. J'ai haussé les épaules, simplement, je suis parti avant de me faire péter le couvercle. Tu n'as donc aucun sentiment? elle m'a dit. Aucun sentiment! C'est la meilleure! Mais je n'ai que ça, des sentiments! Je sentimente du matin au soir. Ce n'est pas compliqué, d'ailleurs, je balance continuellement de l'un à l'autre, l'exaspération, l'indifférence, l'indifférence, l'exaspération...

Léobard, lui, au moins il a choisi. L'exaspération. Ou plutôt, c'est l'exaspération qui l'a choisi. Elle l'étouffe, elle l'imprègne. C'est elle qui le tient debout, c'est son armure, c'est sa moelle épinière, sa ceinture et ses bretelles. Moi, j'hésite. La raison me conseille l'indifférence. C'est plus facile à porter. Mais mes poumons, ma rate, mon arthrite! Je suis un champ de bataille. Je voudrais m'en foutre, mais aussitôt j'ai les articulations qui se coincent, le sang qui se met à bouillir, l'hypothalamus qui fume... Faut que ça pète! Que j'éclate! Et puis rien. Au bout du compte, rien. Même ça, ça passe, ça retombe comme un soufflet. La fatigue. L'âge. J'ai la fulmination courte. Manque de souffle. Ils appellent ça la sagesse. Ils n'ont pas tort, dans le fond. Mais en attendant, ça ne résout pas le problème de mes chaussures...

Il faut dire que la journée a mal commencé. Depuis des années, depuis que je suis à la retraite, et même avant, depuis toujours, en fait, Perpétue s'obstine à m'apporter chaque matin mon café au lit. À six heures. Elle se lève exprès, à cinq heures et demie, pour le préparer. Attention délicate, bien sûr, mais enfin, ce que j'aimerais, moi, c'est faire la grasse matinée! Rester dans mon lit et attendre que le sommeil s'en aille de lui-même, sans qu'on ait à lui verser du café dans l'oreille. Pendant plus de cinquante ans, je me suis préparé à cette idée, j'en ai joui par avance pendant des années, mille fois je me suis joué ce scénario. La retraite, enfin, traîner au lit jusqu'à avoir des crampes!

Et puis non, chaque matin à six heures, Perpétue m'apporte mon café au lit! Je ne pense pas qu'elle en souffre, là n'est pas la question. Elle le fait parce qu'elle doit le faire, elle le fait par amour, par dévotion. Sans m'avoir jamais demandé mon avis. Il aurait suffi de le dire? Pas sûr. Ma main au feu qu'elle n'aurait pas entendu. Pourquoi s'imagine-t-elle que je ne prends plus la peine de répondre à ses questions? Alors ce matin, non, vraiment, je n'ai pas pu. J'ai éclaté. De l'intérieur, cette fois. Silencieusement. Quand elle est arrivée avec sa tasse fumante à la main et qu'elle a soulevé la moustiquaire, je me suis retourné sur le côté et j'ai commencé à ronfler. Il y a eu un vide, dans mon dos. Un froid. J'ai senti que la terre s'arrêtait de tourner. Pas longtemps, une fraction de seconde... Et elle est repartie, sans rien dire. Mais pendant un long moment, ensuite, je l'ai entendue pleurnicher toute seule dans la cuisine. Je n'ai pas pu me rendormir, bien entendu. Elle m'a gâché ma journée. Elle a gâché la sienne, aussi. Encore!...

Rendu à la maison, j'abandonne Léobard et file me doucher. Une fois désinfecté, je me rhabille et m'assois sur le rebord du lit. Les chaussures sont là, devant moi. Délicate attention! Je me perds dans cette contemplation. Mes chaussures, le monde... Combien de temps? Je n'entends même pas la porte s'ouvrir. Toussotement. C'est Perpétue. Ses yeux tombent tout de suite sur mes pieds nus, puis remontent jusqu'à croiser les miens. Comment? Tu n'es pas encore prêt? Non, elle ne l'a pas dit. Elle n'a rien dit. Elle me connaît. Mais elle l'a pensé tellement fort, et j'ai pensé tellement fort ma réponse qu'elle est repartie sans ouvrir la bouche. Elle n'aime pas que je jure dans la chambre... Elle n'aime pas que je jure où que ce soit, mais particulièrement pas dans la chambre. C'est que le Sacré-Cœur est là, sur la commode, et il voit tout, il entend tout, il tient des comptes... Nom de Dieu de chaussures!

Tiens, c'est vrai qu'il me regarde de travers, le Sacré-Cœur. Il est bancal. Allons bon! Tout fout le camp, même la religion, dans cette maison. Je m'approche de la commode où il trône depuis toujours, ce plâtre vénérable. Pourquoi est-ce qu'il penche comme ça? Il ne demande qu'à tomber, à se casser, et je serai le coupable désigné. Je les vois venir! Pilade le briseur de tasses, Pilade le tordeur de fourchettes, le destructeur de poignées de portes. Le Sacré-Cœur, ce sera

encore moi! Ah mais non! Pas cette fois! Leur statuette, je ne m'en sers ni pour boire ni pour manger.
Je n'y touche jamais. Je ne le regarde même jamais,
d'habitude. Lui et moi nous cohabitons pacifique-
ment, c'est tout. Mais là, je vois venir l'orage, la tempête force 8, le cyclone du siècle, si jamais ce pilier de
la religion domestique se casse la figure.

Et pourtant il penche, il n'y a pas de doute. Dan-
gereusement, même. J'examine ça de plus près. J'aperçois un petit bout de papier qui dépasse, sous le
socle. Ça ne me regarde pas, bien sûr, mais si je lui
sauve la vie, pour une fois, au Sacré-Cœur, le ciel ne
va pas me tomber sur la tête, non? Je l'attrape doucement. Un petit papier plié en quatre. Surprise! Il
n'est pas tout seul. Il y en a au moins trois ou quatre.
Mais les autres, écrasés par le poids de la statuette,
qui fait bien quarante centimètres de haut, ne mettent pas sa stabilité en péril. Je les laisse donc où ils
sont et, machinalement, je déplie le dernier. Une
écriture un peu infantile, appliquée, respectueuse.
*Cœur Sacré de Jésus, priez pour lui, et soulagez-le de son
arthrite.* Allons bon! Elles auront réussi à me faire
rire malgré la perspective d'avoir à enfiler mes chaussures! Je replie soigneusement le message et le remets
en place, bien à plat, sous le Sacré-Cœur impavide et
de nouveau vertical.

L'écriture n'est pas celle de Perpétue. Quant à
Dou, elle n'est pas du genre à parler aux pieds du
Sacré-Cœur de Jésus-Christ, ni aux pieds de qui que
ce soit. Et les garçons ne parlent à personne... Reste
Chérie. C'est bien d'elle, ça. Entre deux thérapies
d'un genre chaque fois nouveau, elle reprend volon-

tiers une petite gorgée de bondieuserie. Ainsi elle me veut du bien, ma fille aînée. Parce que c'est de moi qu'il s'agit, le doute ne m'effleure pas une seconde. Mon arthrite, elle est célèbre, dans la famille. J'ai tendance à m'en plaindre un peu, j'admets, mais je n'avais jamais pensé que mes lamentations puissent escalader les marches du ciel à travers les doigts de pieds du S-C de J-C. C'est renversant. Quand je vois dans quel état il se trouve, le monde, quand je vois les tartines de misère qui s'étalent à la une de tous les journaux, je me demande comment il peut y avoir quelqu'un pour parler de mon arthrite au nombril de l'univers! Mon Dieu, voudrais-je pouvoir dire...

Du coup, mes chaussures sont entrées toutes seules. Incroyable! Le Sacré-Cœur? Certains se sont convertis pour moins que ça...

APHRODISE

Je ne sais plus où donner de la tête. Je n'ai plus de tête. Chérie avait promis à Perpétue de venir l'aider à préparer les canapés pour l'apéritif, mais elle n'est pas venue et je me retrouve toute seule. Perpétue est allée s'étendre, elle est morte, la pauvre. Chérie n'a pas montré le bout de son nez et, pour arranger les choses, Dou est arrivée en avance. J'ai dû lui faire visiter la maison, lui raconter, lui expliquer, toutes les pièces, les appareils, comment ça marche, je ne pouvais pas faire moins, elle en avait tellement envie...

Résultat, rien n'est prêt, je tourne en rond, je m'agite, je monte et je descends, je ne sais pas par quel bout commencer. Désiré ne m'est d'aucun secours, bien entendu. Il vient tout juste d'arriver, j'ai dû planter là ma belle-sœur et filer jusqu'au portail pour l'accueillir. Je l'ai laissée toute seule dans la salle de bains, celle du haut, qu'on n'utilise pas. En attendant, il se repose, Désiré. Il doit penser, réfléchir. Ou bien il est allé chez sa mère. Je l'ai à peine vu, il a tout juste eu le temps de prendre une orangeade et il a disparu. Son rôle ne commencera que quand les invités seront là et qu'il s'agira de déboucher les bouteilles et de dire ce qu'il faut boire et avec quoi il faut le boire, et aussi un petit mot gentil à chaque personne, comment ça va, est-ce que ça va bien, ça va ça va, et vous, nous ça va, on fait aller...

En tout cas, en arrivant, il devait avoir drôlement soif, il est même allé se servir tout seul dans le frigo, celui du bas, sans prendre le temps de s'asseoir, sans attendre que je le serve, que je lui demande comment s'était passée sa journée, s'il n'était pas trop fatigué, qu'est-ce qui lui ferait plaisir, lui passer la main dans les cheveux, lui dire les bonnes notes que Bertinotte a rapportées de l'école, et que j'ai trouvé ce matin sa mère avec une bonne mine, et aussi en ville du beurre à cinq centimes moins cher. Je ne l'avais jamais vu comme ça. Il était furieux, devant ce frigo, tout drôle, immobile, la bouche encore ouverte. Il n'avait même pas refermé la porte. C'est qu'il venait de s'apercevoir que quelqu'un lui avait pris du champagne. Volé, je veux dire. Volé, dans sa propre maison! Une des bouteilles était à peine entamée, une de la semaine dernière, je crois, ou de la semaine d'avant, je ne sais plus, il pensait la glisser parmi les autres au cours de la soirée, un bon champagne, sans bulles et qui ne pique pas, mais, en rentrant, il s'est rendu compte, en allant prendre un rafraîchissement dans le frigo, celui du bas, il avait vraiment soif, que le niveau avait baissé dans la bouteille, et ce ne pouvait pas être moi, bien sûr, puisque je ne bois pas, ni lui, parce qu'il le saurait, tout de même...

Évidemment, il a tout de suite pensé à son frère Chilou, je comprends ça, avec cette manie qu'il a de fouiller partout et de se servir tout seul, comme si... comme si... je ne sais pas, moi, comme s'il était chez lui, par exemple, un véritable adulte, responsable, sérieux, avec une voiture... Il a raison, Désiré. J'ai déjà retrouvé cette semaine un gâteau que j'avais déposé sur la paillasse, au sous-sol, plein de marques de doigts. Je n'ai pas osé lui dire, à Désiré. C'est son frère. Mais Chilou n'a aucune éducation, aucun respect. Il s'assoit dans les fauteuils, il met ses coudes sur la table, il crie dans le jardin, il chante, il parle sans qu'on lui demande, il rit pour un rien... Tout de même, voler du champagne! Et du gâteau! À son âge! Je n'arrive pas à le croire. Enfin, Chilou c'est Chilou, c'est la famille! Ce n'est peut-être pas lui, après tout. J'ai ma petite idée là-dessus. J'ai des idées, parfois. Ce grand type un peu bizarre, le fiancé de Dou, qui la suit partout... Il était là tout à l'heure, avec elle. Et puis il a disparu pendant la visite de la maison et il est allé rôder en bas. Il a bien une tête à boire du champagne en cachette, lui. Il ne parle jamais, ou si peu, et de choses que je ne comprends pas. Est-ce qu'on peut lui faire confiance? Je ne sais pas comment expliquer la chose à Désiré. Il est persuadé que c'est son jeune frère qui a fait le coup parce que ce serait normal, parce que c'est lui qui fait les bêtises, d'habitude, lui qui les a toujours faites. Il ne voudra même pas envisager une autre hypothèse. Mais, d'un autre côté, je n'ai pas le cœur de laisser accuser Chilou, même si c'est un malappris, même s'il n'est plus vraiment son frère...

Ça me tracasse, cette histoire. D'autant plus que si le fiancé de Dou est allé se servir dans le frigo, en bas, cela veut dire qu'il a vu Grand-mère. Elle est dans le sous-sol depuis ce matin, Perpétue l'a amenée de bonne heure pour pouvoir faire son ménage sans la déranger. Je l'avais complètement oubliée! Qu'a-t-il pu se passer? Il a peut-être essayé de lui parler, de la déplacer, il a... je ne sais pas, moi, j'imagine le pire. Quoi exactement? Mon Dieu, je n'en ai aucune idée, mais ce garçon a l'air tellement curieux. Et Grand-mère est tellement malade. Il pourrait la tuer, même sans le faire exprès. Pour être aussi renfermé, aussi sauvage, il a certainement quelque chose de vilain à cacher. C'est peut-être un criminel! Un voleur, même! Et mes bijoux! Et Bertinotte! Je suis vraiment inquiète. Quelle idée ont donc eue les sœurs de Désiré d'aller faire leur vie hors du pays. Elles prennent l'avion, elles voyagent, elles lisent des livres, elles sont toujours à la recherche de quelque chose. Mais nous avons tout, ici, quel besoin d'aller voir ailleurs? Ce qu'elles ont gagné, c'est de tomber sous la coupe de ces gens qui ne sont même pas comme nous, des gens froids comme leur pays, mais qui viennent ici se déshabiller et se faire cuire au bord de l'eau. Je ne les comprends pas. Ils sont vides, on dirait qu'ils ne s'intéressent à rien. Ils ne vont pas à la messe, ils ne parlent jamais de leur famille. Ils peuvent rester des heures entières devant un livre, ou à la plage, sans même parler. Leur vie est-elle donc si triste, n'a-t-elle donc aucun but? Dou n'a même pas de logis à elle, là-bas. Pourquoi ne pas avoir épousé quelqu'un d'ici? Sa vie serait tellement plus simple, elle aurait une maison à entretenir, un mari à s'occuper, des enfants à élever. Elle ne se poserait pas de questions, tout serait dans l'ordre. Quelle malédiction a pu la pousser à partir, à tout quitter pour une vie illusoire? Elle ne peut pas être heureuse avec cet homme. D'ailleurs elle ne l'aime pas, c'est évident. Chérie, qui va parfois chez eux, m'a raconté qu'elle ne le sert même pas à table, qu'elle ne lui apporte pas son café, ni le matin ni après le dîner, et qu'elle sort toute seule, certains jours, sans lui demander la permission. C'est incroyable, quand on y songe! Et Chérie, elle, qui ne sait pas se faire garder par un homme et qui doit travailler. Oh oui, bien sûr, un mari, ce n'est pas toujours facile. Il faut accepter ses humeurs, subir ses instincts. On ne peut pas y échapper, il faut se soumettre. Mais il suffit de fermer les yeux et de se dire qu'ainsi doivent aller les choses, ou de penser à une petite gâterie, un gâteau au coco, par exemple, ou une nouvelle paire de boucles d'oreilles. Je frémis lorsque Désiré s'approche de moi, dans ces cas-là, mais je sais ce qu'il attend de moi et je ne veux pas le décevoir. Je suis sa femme. Alors je soupire, je m'alanguis, je m'abandonne, un peu comme les actrices dans les feuilletons de l'après-midi. Je pense à ma mère, aussi, et à la sienne. Je ferme les yeux.

La première fois, ç'a été horrible. La nuit de noces. Maman m'avait prévenue, préparée. Désiré est un homme, elle avait dit. Un instrument. Fais tes affaires et amène-le sur toi. Ne le laisse jamais partir, c'est ça qui les garde à la maison. Perpétue aussi. Ma fille, elle m'a dit. Ma fille! Quelle sainte! Elle m'a appelée sa fille, et j'ai eu moins peur quand Désiré s'est approché de moi. Il transpirait, transpirait, il avait du mal à respirer, son visage était déformé, je ne l'avais jamais vu comme ça. Il ne me regardait pas. Oh, je ne suis pas bien jolie, je sais, mais je suis honnête. Moi aussi j'étais moite. Sa peau sur la mienne comme une serviette mouillée... Nous avons fait vite. Il a poussé, poussé, poussé, moi j'essayais de le rencontrer, de le faire passer, mais quelque chose coinçait, là, à l'intérieur. Est-ce que j'avais eu une mauvaise pensée? Est-ce que je ne m'étais pas assez confessée avant de communier? Mon Dieu, qu'allait dire Perpétue, demain? Je n'oserais plus jamais sortir de la chambre, la honte au visage devant tout le monde réuni pour siffler et me jeter des pierres... Alors moi aussi j'ai poussé, poussé, et d'un seul coup ça y est, il est entré. Ça a craqué. S'est ouvert. Merci mon Dieu! Mais quelle souffrance! Déchirée! Mais nous ne sommes pas là pour nous amuser. Maman me l'a toujours répété.

La fois suivante, ça s'est passé un peu mieux. Désiré poussait, poussait, poussait tant qu'il pouvait, mais moi j'avais compris et j'ai bougé les fesses, et poussé aussi, de toutes mes forces, et ondulé, et bassiné... Et là, il est entré encore. Sans rien déchirer. Je n'ai presque rien senti, en comparaison, j'aurais juré que ce n'était pas la même chose que la première fois. C'était entré comme un suppositoire. D'ailleurs, tout de suite après, j'ai dû me lever. Envie d'aller aux cabinets. La grosse commission, je veux dire... En tout cas, depuis, on fait toujours comme ça. Heureusement, Désiré prend son plaisir très vite et il se retire presque aussitôt. C'est fini. Allons, ce n'est pas si terrible que ça! Et puis tout de même, il y a Bertinotte...

Enfin, la maison est calme, pour l'instant. Trop calme. Le calme avant la tempête. Dou est redescendue quand Désiré est arrivé. Elle est probablement allée dans le jardin. Chérie et Chilou ne sont pas encore arrivés. J'ai entendu tout à l'heure la voiture de tonton Léobard remonter l'allée. Il était convenu qu'il viendrait chercher Grand-mère pour l'emmener chez lui. Ils viennent donc de partir, et tonton reviendra plus tard, avec Pilade. Désiré, lui, est allé chez sa mère pour élucider cette histoire de champagne volé. Me voilà donc seule. Je suis découragée, je ne sais plus quoi faire. Je vais redescendre.

Le sous-sol est encore plein de l'odeur du chien. C'est épouvantable. Il n'y a personne. Je me demande où ils sont passés, Dou et son ami. J'espère qu'elle l'a repris avec elle et qu'elle va le surveiller un peu. Je ne peux pas l'avouer, mais je ne suis pas tranquille pour Bertinotte depuis qu'il rôde dans la maison. Et il y a un désordre, ici! Je devrais peut-être commencer par nettoyer un peu, ça m'occupera l'esprit. Dans le remue-ménage qu'a provoqué l'imminence de la fête, ils m'ont tout laissé sens dessus dessous. Perpétue est très tendue, depuis ce matin, mais je ne peux pas lui en vouloir. Elle est tellement heureuse à l'idée de voir toute sa famille réunie qu'elle est dans un état de nerfs impossible. Elle a même oublié le déjeuner de Grand-mère. Son plat favori, un blaff de poisson. Avec les têtes. Elle aime ça, les têtes, Grand-mère, elle en mange presque tous les jours. Comme sa santé est fragile, on ne lui autorise ni sel ni épices, mais à cet âge-là, comme le fait remarquer Désiré, on se contente des choses les plus simples. Plus que le confort, les personnes âgées goûtent la tranquillité, le silence, la frugalité. Elle a de la chance! Tout ce que je peux souhaiter, si Dieu me donne le bonheur d'atteindre cet âge respectable, c'est d'être entourée de la même façon par les miens, jusqu'au bout. Quelle joie ce doit être pour elle de pouvoir vivre chez ses enfants, à voyager de maison en maison. Elle voit du pays tout en restant chez elle. C'est dommage qu'elle ne puisse pas assister à la fête, mais Perpétue a raison. Ce serait trop fatigant pour elle. Il y aura de la musique, il y aura du vin, il y aura des grillades, nous ne pouvons pas lui imposer tout ça. Elle sera tellement mieux chez Léobard, devant la télévision. C'est vraiment bien, la télévision, on n'a même plus besoin de marcher ou de parler. Pour Grand-mère, c'est une aubaine. Quand on la met devant le poste, elle est fascinée. Elle s'intéresse à tout, même aux émissions où des gens parlent de livres ou de pays où on ne va jamais, des choses comme ça. C'est merveilleux! Elle aime tellement ça que, certains soirs, il faut l'obliger à aller se coucher, éteindre le poste sur elle et l'emmener dans sa chambre. Je me souviens d'une fois où nous l'avions oubliée dans le salon, un soir. Je venais d'avoir une longue discussion avec ma belle-mère, dans sa chambre, au sujet de Désiré, probablement. Oui, c'est ça, je m'en souviens, maintenant. Je voulais lui demander si ça ferait plaisir à Désiré que je lui prépare des crêpes pour le dimanche suivant. Nous en avions discuté assez tard, il fallait prendre une décision, ce n'était pas facile, et après j'avais dû traverser son salon pour rentrer chez moi. Les émissions étaient terminées et l'écran grésillait dans le noir. Grand-mère était là, dans l'ombre, comme hypnotisée par ces milliers de points blancs éblouissants. Mais ses yeux ne pleuraient pas. Elle fixait l'écran avec attention, immobile, les mains posées bien à plat sur les accoudoirs de son fauteuil. Cette vision soudaine de la silhouette de Grand-mère, éclairée par la lumière blanche et clignotante de la télévision, m'avait vivement frappée. J'avais été impressionnée par ce profil de statue. Il y avait une sorte de halo tremblotant tout autour de sa tête, dans ses cheveux, et son visage à ce moment-là m'était apparu comme celui de la Sainte Vierge, une incarnation de la sagesse, de la sérénité. Quelle force émanait d'elle! Quel bonheur!

C'est ce soir-là que j'ai compris que Grand-mère était une sainte, et que la maladie qui lui avait été envoyée comme une épreuve ne l'avait pas diminuée mais grandie. Elle avait triomphé du mal qui la minait. Elle était là, tout auréolée de blanc. Et sur l'écran vide, où je ne voyais qu'un brouillard aveuglant, elle, j'en suis sûre, elle voyait les anges. Je voudrais tellement lui ressembler!

DÉSIRÉ

Ça commence! Sous couvert de fête, ça va être la foire. Le désordre. Et puis, c'est un moulin, ici. Que fait donc Aphrodise, toute la journée? N'importe qui entre et sort de cette maison, ou de celle de Maman. J'ai vu le résultat. Mon champagne! Ils ont osé boire mon champagne! Sous mon propre toit! Comment s'étonner ensuite que l'argent disparaisse lui aussi? Nous ne sommes plus en sécurité.

Qui, qui, qui? Tonton Léobard, lui, voit des rastas partout, et il effraie Maman avec ses histoires. On voit bien qu'il ne vit plus ici, Léobard. Les rastas, ils ne risquent pas de s'aventurer chez nous. Il y a le chien. Ils ont horreur des chiens, ils en ont peur. Et le nôtre, c'en est un! Pas un rasta qui résiste à sa vue! Non, je les connais, moi, les coupables. Champagne, argent... Les mêmes! Les étrangers! Ils sont là, sous nos yeux, mais c'est comme si personne ne les voyait. C'est insensé! Ils ne se cachent même pas! Le trio maudit... Chilou, Dou, et cet individu qui n'a seulement pas de nom... C'est lui qui les a corrompus, qui les a dévoyés. Partir, aussi, quelle idée! Honorat, lui, au moins, il est revenu. Mais Dou, Chilou... Perdus à jamais, damnés, manipulés par cet inconnu qui leur a instillé son venin. Maman l'a vu dans le sous-sol, tout à l'heure. Seul. C'est invraisemblable, quelle inconscience de l'avoir laissé entrer! Le vice! C'est lui, le champagne! La bouteille était à peine entamée, dans le frigo. Je pensais la resservir ce soir, en ajoutant un peu d'eau. Mais c'est fichu, maintenant, elle est à moitié vide!

Le champagne, d'abord, et puis l'argent. Et bientôt la maison entière, pourquoi pas? Ils savaient pourtant à quoi ils s'exposaient, en quittant la maison. Dou, et puis Chilou... J'avais prévenu Maman. Mais leurs études? avait-elle dit. Quelles études, Maman? Pourquoi faire, des études? On voit où ça mène... Elle n'est pas près de partir, Bertinotte... Tonnerre! Qu'ils n'y touchent pas, à ma fille! Déjà, tous les ans, c'est la même chose. Après les vacances, je passe des semaines à la corriger. Chilou lui repasse ses défauts et sa mauvaise éducation, comme des microbes. Il me la saligote, me la détruit. Il faut tout reprendre à zéro. Ne pas manger avec ses doigts, ne pas courir dans le jardin, ne pas crier, ne pas parler à table. Ne pas parler du tout, d'ailleurs, à moins qu'un adulte de la famille n'ait posé une question. Ne pas en poser soi-même, des questions. Ne pas bouger. Ce n'est pas compliqué, pourtant! Mais si je la laissais faire, elle ne penserait qu'à s'amuser. Jamais je n'aurais pu penser que les enfants pouvaient causer un tel désordre. C'est tout de même insensé que le monde ne puisse pas fonctionner autrement! Je m'en serais bien passé, de faire un enfant, oui, bien sûr. Mais à qui transmettre la maison, le nom? Et puis le devoir conjugal, comme dit Maman. Aphrodise sur le dos, toujours, à réclamer, à s'ouvrir comme une truie. Maman elle-même m'y a poussé. Ma propre mère! Je suis sûr que, dans mon dos, c'est elle qui pousse Aphrodise. Elles ne pensent donc qu'à ça, toutes! Tout ce mal donné pour quoi? Pour la reproduction...

J'imagine parfois un monde sans femmes, un monde lisse, sans imprévu, sans incertitude. Un monde droit et propre, qui n'ait pas besoin de ces manipulations ridicules pour se survivre à lui-même. Je n'ai jamais pu comprendre ce paradoxe, que l'humanité ne puisse se perpétuer que dans le geste même qui a causé sa chute. Aphrodise, si réservée au début, si pudique. J'y ai cru. C'était un piège. Ou peut-être pas, dans le fond. Peut-être qu'elle était sincère. Ça lui déplaît peut-être autant qu'à moi, j'ose le croire, mais c'est plus fort qu'elle. C'est une femme, hélas, et il faut qu'on lui remplisse le ventre. Le soir même de nos noces! J'ai fini par céder. Mais vraiment, quelle posture risible! J'en avais honte. J'avais pourtant éteint la lumière et fermé les persiennes. Une chaleur d'étable. Et la sueur, ces râles, ces soubresauts. Scène grotesque, à laquelle je ne peux pas repenser sans un frisson. Sans compter qu'il a fallu recommencer! Cette bouche édentée et torride qui t'avale, qui te lamine, qui te broie... Et tout ça pour quoi? Comble de malchance, il a fallu que ce soit une fille! Une petite sotte qui se fera dépouiller de son nom et de son bien par un quelconque fruit sec, un blanc de préférence, bien entendu, qui fumera mes cigares et boira mon vin et me poussera dans la tombe en me tapant sur l'épaule. Quel choix détestable! Laisser son patrimoine partir en ruine faute

d'héritier, ou se le faire voler par le premier venu qui
engrossera ma fille. Alors? Recommencer? En faire
un autre? À quoi bon. Et si c'est encore une fille?
C'est sans solution...

En attendant, Bertinotte, je vais la boucler dans sa
chambre jusqu'à nouvel ordre. Chilou ne va pas tarder à apparaître, et les deux autres qui rôdent déjà
dans la maison, dans le jardin, partout... Il faut prévenir Maman, une fois encore. Elle doit intervenir. Je
sais bien ce qui va se passer, pourtant. Elle va
m'écouter attentivement, en me regardant comme si
elle voulait me déshabiller, en me caressant la tête.
Elle va me donner raison, comme d'habitude. Ensuite,
elle va fermer les yeux, mettre ses doigts sur son
front, et me débiter une ou deux sentences pétries de
bonnes intentions, une citation de l'*Imitation*, probablement. Et elle va les absoudre. Elle ne leur dira
rien! Elle se plaindra, elle fera de l'adrénaline, elle
s'inondera de bile, elle arrosera son ulcère, mais elle
ne leur dira rien! Ce n'est pas qu'elle soit muette, loin
de là. Elle parle beaucoup, mais elle parle toute seule.
Même quand elle a un interlocuteur. Elle passe des
heures à la maison, avec Aphrodise, à lui raconter sa
vie, c'est-à-dire l'interminable collection de ses petites
misères, par le menu. Et si ce n'est que le passage du
facteur, elle aura retenu la couleur de ses souliers, et
s'il a changé de chemise depuis la dernière fois. Elles
se voient plusieurs fois par jour, mais ça ne suffit pas
pour caser tous les épisodes de ce roman-fleuve
qu'est sa vie. Roman-fleuve... Sa vie, en fait, n'est
rien d'autre qu'un robinet qui fuit. Une vie parfaitement ordonnée, sans relief, sans imprévu, sans évé-

nements. Un goutte-à-goutte de routine. Mais la moindre démangeaison du petit orteil lui inspire des épopées! Et si, par extraordinaire, rien ne la titillait, elle se piquerait elle-même avec une épingle pour avoir mal. Elle ne peut pas vivre sans. Est-ce qu'Aphrodise l'écoute vraiment? Certainement. Ça peut paraître incroyable, mais je suis sûr qu'Aphrodise l'écoute. Elles se ressemblent, dans le fond, elles vivent dans le même monde, elles se comprennent. Qu'Aphrodise ne soit pas bavarde n'est pas un obstacle, au contraire. Maman parle, Aphrodise l'écoute. Elles se complètent parfaitement. Des vases communicants.

Si j'avais épousé une femme énergique, ou tout simplement enjouée, vivante, ç'aurait été une catastrophe pour Maman, un enfer quotidien. Elle l'aurait supporté, cependant. Elle a le goût du martyre et de la contrition. Elle aurait volontiers ajouté ce clou à sa croix. Mais ma femme, elle, ne serait pas restée. Ça n'aurait pas marché. La totale passivité d'Aphrodise, en revanche, absorbe le trop plein d'énergie qui déborde de ma mère. Aphrodise absorbe tout, avec un calme inaltérable. Elle joue dans la famille le rôle du foie dans le corps, elle la purge de ses humeurs. Si seulement elle pouvait nous délivrer des autres! Ils m'ont volé mon champagne, tonnerre! Maman devrait quand même faire quelque chose. Elle va me dire que je n'ai pas de preuve, évidemment. Sans y croire elle-même, d'ailleurs. Elle le sait bien, pourtant, que ce sont eux, que ces chacals sont capables de tout. Ils lui font une vie d'enfer, ils l'usent, ils la ratatinent, elle n'en peut plus, elle va exploser... À tout propos, la perplexité lui ronge le ventre comme un acide, le doute lui obstrue les artères, ses pensées se développent en tumeurs et prennent la forme d'un cancer généralisé… Je ne sais pas quel mal l'emportera, au bout du compte. Est-ce qu'elle partira par l'estomac, par le cœur, par les intestins? Ce sont des organes bien fragiles. La machine tourne trop vite, elle s'emballe, devient folle. Et comme tout le monde en rajoute, elle s'use deux fois plus vite…

Et puis, au moment d'agir, elle baisse les bras. Elle baisse la voix. On n'a pas de preuve, elle dit. Tu ne les as pas vus. Personne ne les a vus. Vraiment? Je ne peux pas aller interroger Grand-mère, hélas. Elle est restée en bas toute l'après-midi, jusqu'à ce que Léobard vienne la chercher. Bien évidemment, elle les a vus! Elle ne dort jamais. Les vieillards ne dorment jamais. Ils ne se fatiguent pas, ils n'ont pas besoin de récupérer. Grand-mère est comme ça. Même quand elle fait semblant de somnoler, ses yeux ne sont jamais vraiment fermés. Elle voit tout, elle entend tout. L'ennui, c'est qu'elle ne dit rien. Il paraît qu'elle est malade. C'est ce qu'ils disent, tous. Moi, je n'en crois rien. Quelle maladie pourrait-elle avoir? Elle n'a jamais travaillé de sa vie, elle n'a jamais assumé quelque responsabilité que ce soit. Elle a vécu comme vit Aphrodise, heureuse dans une maison bien rangée, où rien ne manque, une maison dans laquelle chaque chose est à sa place. Ses soucis, comme ceux d'Aphrodise, se résumaient à peu de chose. Où placer un bouquet de fleurs, que préparer pour le dîner de son mari, quelle robe mettre pour l'accueillir à son retour… Grand-mère a connu la vie la plus heureuse qui soit. Bien sûr, elle a ressenti d'autant plus vivement la mort de Grand-père, on ne peut pas le nier, mais le vide a été comblé presque immédiatement. Dès le lendemain, elle a été prise en charge par Maman. Totalement. Elle n'a probablement même pas eu le temps de s'apercevoir du changement. Moi-même, je lui ai volontiers ouvert ma maison. Elle y passe beaucoup de temps, elle a tout ce qu'il lui faut. Elle savoure ses vieux jours dans la plus grande quiétude, dans la meilleure pièce de la maison, la plus fraîche...

Franchement, je ne vois pas quelle maladie pourrait bien la ronger... Au contraire, elle a enfin atteint naturellement cet équilibre que je m'efforce de trouver moi-même. Abolir les passions, vieillir patiemment, avec application... Voilà quel a été son itinéraire. Une réussite. Il faut dire qu'elle a su y faire. Pour autant que je sache, d'aussi loin que je me souvienne, je n'ai jamais vu quelqu'un entrer chez elle, je ne l'ai jamais vue fréquenter ces associations de vieilles dames qui se réunissent pour boire des tisanes et se cracher les unes sur les autres. Elle a toujours su se préserver, s'isoler, se retirer. Elle a pratiqué la prophylaxie sociale avec succès et elle est parvenue à son grand âge sans amis ni ennemis, sans ce bourdonnement incessant de parasites qui vous sucent comme des tiques. Intacte. Neuve. Ce n'est pas aussi simple que ça en a l'air. Faire le vide autour de soi n'est pas à la portée de tout le monde. C'est une discipline rigoureuse, une vocation, presque. Les tentations ne manquent pas. À tout propos, on vient vous faire des sourires, vous promettre monts et merveilles, vous séduire. Il faut refuser. C'est un piège. Si vous ne rejetez pas les autres, ce sont eux qui vous rejetteront. Tôt ou tard. Alors il vaut mieux tirer le premier. Pas d'amis, pas d'ennemis. Neutre. Moi non plus, je n'ai pas d'ennemis. Parce que je ne m'en cherche pas. Et je n'ai pas d'amis, Dieu merci! Au moins, je ne risque pas d'être déçu, je ne risque pas d'être trahi ou de prendre un coup de couteau dans le dos...

Ma situation est solide. Le tout, c'est de savoir se tenir à sa place, dans l'espace et dans le temps. Ne pas dépendre d'une poignée de flatteries. Ne pas se laisser ronger par le cancer de la nostalgie ni se laisser prendre aux mirages des lendemains qui chantent. Le temps n'existe pas, c'est une illusion dangereuse. Les choses doivent rester ce qu'elles sont. Ma maison est parfaite, de ce point de vue. Aucun désordre, aucune surprise. Aphrodise évolue parmi les autres meubles, en suivant toujours des chemins identiques. Je n'ai même pas besoin de lui parler, elle fait tout ce qu'il faut avant que je le lui demande. Un petit coup de klaxon quand j'arrive, et la voilà qui descend au trot. Et même si je ne klaxonnais pas, ça ne changerait pas grand-chose : j'arrive tous les jours à la même seconde, le moteur fait le même bruit au même moment parce que je rétrograde au même endroit. Pas d'imprévu. Et mon repas est servi quand je m'assois, mon café est chaud quand j'ai fini de manger, et mon journal est posé sur le guéridon, à côté de mon fauteuil, quand j'ai terminé mon café. L'ordre...

Quelle responsabilité, cependant! Parfois je me prends à envier mes frères, Andoche et Honorat. Ils sont restés célibataires, eux. Mieux que moi, sans doute, ils ont su préserver leur intégrité. C'est que le mariage impose quelques concessions. Je dois parfois faire plaisir à Aphrodise, ça fait partie du contrat. Ses instincts naturels qu'il faut apaiser, ses appels de sirène, et cette multitude de dates qu'il faut garder en tête. Les anniversaires, par exemple, le sien, celui de Bertinotte, celui du mariage... L'occasion rêvée de tous les débordements, de tous les gaspillages. Comme aujourd'hui. Andoche et Honorat, eux, n'ont pas ce genre de contrariétés. D'un autre côté je sens une certaine fragilité, chez Honorat. Comme si l'extérieur l'agressait plus violemment. Peut-être qu'en fait, une femme, comme un chien, donne un peu de sécurité à la maison. Ça évite d'avoir recours à certains services extérieurs. Ce qu'il y a, c'est qu'Honorat n'aurait jamais dû partir d'ici, sous prétexte de faire des études, lui aussi. Bien sûr, c'était il y a longtemps et il est revenu, sans les achever. Heureusement. Il a donc retrouvé une sorte d'équilibre. Mais le mal était fait. Il a vu trop de choses à l'extérieur, ça l'a déstabilisé. Ça le ronge encore, d'ailleurs, il a dû abandonner son travail. Depuis, il vit ici dans une chambre que je lui ai laissée. C'est mon frère. Andoche, pour sa part, ne connaît pas les mêmes problèmes. Sans doute parce qu'il est resté chez Maman et qu'il y est protégé. Honorat, lui, a dû s'assumer seul, et la pression a été trop forte pour lui.

Il ne connaît le repos qu'ici, il me semble. Il est beaucoup plus détendu maintenant, depuis qu'il séjourne à la maison. Il fait la sieste, c'est bon signe. Il sait cependant rester discret. Au début, il refusait toujours poliment tout ce que ma femme lui offrait et, m'en rendant compte, j'ai simplement demandé à Aphrodise de ne plus l'importuner. Depuis, elle m'a dit qu'elle ne le voit pas de la journée. Il n'apparaît dans le salon que quand je rentre, en fin d'après-midi, et il s'installe dans un fauteuil pour feuilleter une revue, ou parfois même, plus souvent, pour ne rien faire. Nous ne nous parlons pas. Ce n'est pas la peine. Nous nous comprenons, nous avons été coulés dans le même moule. Andoche monte parfois nous rejoindre dans la soirée. Aphrodise nous prépare une tisane, nous la sert, puis redescend faire la vaisselle. Alors, assis tous les trois, loin des grenouilles et des criquets qui bruissent dans le jardin, nous jouissons tranquillement du silence. Nous n'allumons pas, pour éviter d'attirer les moustiques. L'ombre nous enveloppe. Tout est calme. Je sens la maison, immobile tout autour de moi. Elle m'appartient. Aphrodise y va et vient, aussi bien réglée qu'une pendule. L'ordre... Et c'est dans ces lentes soirées que, parfois, j'ai l'impression que le bonheur existe.

Mais voyons, je m'égare, je divague. Des mots, tout ça, des pièges. Je dois me ressaisir. Il va être l'heure. Je vais aller mettre une cravate, et le champagne sous clé en attendant de le servir.

ANDOCHE

Ma voiture est propre, maintenant. Je devrais aller la garer ailleurs. Avec tous les gens qui vont aller et venir ce soir dans le jardin, je ne suis pas tranquille. Dou vient déjà d'arriver avec son copain, et les autres vont suivre, et ils vont vouloir la voir de plus près, la toucher, peut-être même monter dedans. Je n'ai pas envie qu'ils me l'abîment. Ils n'ont aucun respect pour les voitures. Ils mettent leurs mains dessus sans les essuyer, ils claquent les portières, ils montent même dedans, pieds nus, avec du sable entre les orteils. Dans quel état ils me la rendraient! Chilou me l'a déjà demandée. C'est mon frère, je ne pouvais pas dire non, alors je lui ai dit qu'elle était en panne. Et c'était vrai, d'ailleurs. Il m'était arrivé une sale d'histoire. J'en suis encore tout remué. Je venais de laver la voiture. Elle brillait au soleil, je l'avais lustrée comme toujours, des pieds à la tête, elle sentait bon, elle avait l'air gaie, pleine de santé. Pour finir, j'avais shampouiné les sièges, des beaux sièges en plastique noir que j'ai fait installer exprès à la place de ceux en cuir d'origine, j'ai horreur du cuir, de poser mes fesses dessus, ça sent encore la bête morte, c'est animal, vivant presque, tandis que le plastique c'est propre, ça brille, ça ne sent rien sauf le propre, et j'avais laissé les portières grandes ouvertes pour aérer l'intérieur pendant que ça sèche. Je ne m'étais pas absenté longtemps, juste ce qu'il faut pour aller prendre une brosse afin de parfaire le nettoyage. Cinq minutes, pas plus, histoire de demander à maman où se trouvait la brosse à habit. En revenant, quel choc! J'ai failli avoir une attaque. Il y avait une grosse chose marron jetée sur la banquette arrière. J'ai cru tout de suite que c'était une couverture sale, abandonnée là par erreur, ou un sac de pommes de terre, ou quelque chose comme ça. J'étais furieux contre la personne qui avait fait preuve d'un tel sans gêne, je pensais que Chilou, avec sa désinvolture habituelle, avait pris ma voiture pour un simple moyen de transport. J'allais revenir à la maison pour en informer maman mais, en arrivant tout près de la voiture, j'ai subitement compris. L'atroce odeur m'a frappé au visage. Le chien, cette horreur de chien, le chien de Grand-mère! J'ai couru vers la maison et j'ai appelé maman pour qu'elle vienne le faire sortir de là. Moi, je suis remonté dans ma chambre. Mais l'image m'a poursuivi pendant plusieurs jours, j'en ai eu des cauchemars. Finalement, c'est maman qui a refait un shampoing à la voiture.

En tout cas, si Chilou veut une voiture, il n'a qu'à en louer une. Ça fait des années qu'il essaie d'emprunter la mienne et que je dois trouver de bonnes raisons pour refuser. Tout ça à cause des filles. Sans les filles, Chilou serait très convenable. C'est mon frère. Mais si les filles m'ont toujours laissé tranquille, ce n'est pas le cas pour lui. Déjà, à l'école, elles tournaient autour de lui, et lui, il ne savait pas se défendre.

Il se laissait faire. Il est toujours resté un peu enfant, et ni maman, ni mes frères, ni moi-même ne pouvions toujours être là pour le protéger. Ce sont les filles, bien sûr, plus tard, qui ont commencé à lui demander de les sortir en voiture. Et ce pauvre Chilou cédait. J'avais déjà la mienne, mais pour rien au monde je ne la lui aurais prêtée. Je ne sais pas comment il se débrouillait mais, finalement, chaque samedi soir, d'après Désiré, il se trouvait un copain pour lui passer la sienne, en échange de quoi il pouvait venir avec lui. Aujourd'hui encore, je n'ose imaginer ce qui se passait alors dans ces voitures, mais les récits de Désiré me prouvaient à quel point j'avais raison. Comment Désiré savait-il tous ces détails, je n'en sais rien. Je suppose que, Honorat étant parti pour ses études, sa position d'aîné en faisait la personne adéquate pour recueillir les confessions de Chilou le dimanche matin. D'ailleurs, Chilou n'aurait pas pu aller à la messe avec nous dans cet état. C'est que, dans les voitures du samedi soir, il paraît que les filles montaient sans culotte! Pas des petites filles, des grandes. Des femmes, pour ainsi dire. Et sans culotte! J'imagine dans quel état devaient être les sièges! À l'époque, je ne faisais pas encore changer les sièges, ils étaient recouverts d'une espèce de tissu éponge absorbant, qui suçait les fesses des filles et les buvait, et qui serait revenu tout moite et empoisonné... Comment Chilou lui-même pouvait-il supporter une pareille compagnie?

Moi, je n'ai jamais pu. Les femmes sentent. Elles ont une odeur entêtante qui me rend malade. Leurs parfums, la transpiration, leur façon de bouger, de marcher, d'onduler... C'est animal, c'est... Ça me monte à la tête. Leur corps a quelque chose de malsain, je ne sais comment dire, à la fois boursouflé et ouvert... Un nid à odeurs... Elles se nichent partout. Sous leurs bras, l'odeur aigre des aisselles, et sous leurs cheveux, quand elles les secouent, cette odeur de poussière et d'ammoniaque... Partout. Dans leur nombril incrusté de dépôts acides, dans leurs orteils que ne protège aucune chaussette ni aucune chaussure fermée, ramassant la boue et le sable, entre leurs seins qui peuvent te broyer comme des meules... Et sous leurs jupes, que sais-je? Ça doit dépasser l'imagination. Leurs grosses fesses collées, entre lesquelles coule une sueur visqueuse qui se mêle à des sécrétions incompréhensibles. Parce qu'en plus, les femmes sont incontinentes, elles ne savent pas se fermer, elles gouttent toujours comme un robinet mal fermé. Leur corps a un côté inachevé qui m'effraie, leur ventre s'arrête comme s'il avait été déchiré, oui, comme si on l'avait déchiré et qu'on ne l'avait pas recousu... Dans ces replis jamais secs, quelles macérations, quelles moiteurs, quels bouillons de culture!... Mon Dieu! J'ai lu des choses tellement horribles sur les femmes, quand on les a visitées au doigt et à l'œil et qu'elles ont les toutons dévoyés et les barres froissées, et le lippion recoquillé, l'entrepet ridé, le pouvant debisé, les balunaus pendants, le lippendis pelé, les baboles abattues, les halerons démis, l'entechenat retourné et la corde rompue, le bardibau écorché, le bilboquet fendu, le guillenard élargi, la dame du milieu retirée, l'arrière-fosse ouverte... J'étouffe... J'ai du mal à imaginer, à me représenter...

Rien que les mots sont sales, les dire à voix haute doit laisser des taches sur les dents et une haleine immonde. Les penser seulement, on ne peut plus dormir....

Dire que les petites filles sont tellement jolies! Elles sont lisses, elles sont propres. Bertinotte, par exemple, si sage, si bien habillée. Elle est vraiment mignonne. Elle ne parle pas, quel avantage! Elle ne rit jamais, bêtement, comme toutes les filles, plus tard. Elle, je veux bien qu'elle monte dans ma voiture. Je l'emmène faire un petit tour, quelquefois, le dimanche, après la messe, quand Désiré a besoin de se reposer. Bertinotte ne sent pas, elle. Juste un peu la cannelle et le savon... Elle ne laisse aucune marque sur le siège de la voiture. Elle s'y tient bien assise, droite, sans bouger, les mains croisées à plat sur ses cuisses. On lui a mis sa petite robe blanche à volants, avec de la dentelle et des rubans roses et des broderies. Elle a aussi un petit chapeau blanc, avec des rubans assortis. Elle est comme une jolie poupée, chiffon et porcelaine.

Nous faisons une promenade le long de la baie, puis nous nous arrêtons face à la mer, loin des arbres pour que les oiseaux ne fassent pas sur la voiture. Nous ne descendons pas de la voiture. Dehors il y a des cailloux, du sable, de la poussière. Des insectes. Ses minuscules chaussures vernies, qui ne touchent même pas le tapis de sol quand elle est assise, ne sont pas faites pour ça. Son collant blanc ajouré non plus. Nous restons assis dans la voiture, sans parler. Je ne l'entends même pas respirer. Ses yeux fixent la mer.

Au moment de partir, toujours, je pose la main droite sur son genou.

Au retour je dois laver la voiture, à cause du sel. C'est la fin de l'après-midi. Aphrodise nous attend devant le sous-sol, elle tend les bras vers Bertinotte, qui s'y précipite. Je ne m'attarde pas. Aphrodise transpire, elle a le souffle saccadé et cette odeur de femme, sa grosse poitrine tressaute sous son corsage, monte et descend, avec un filet de sueur qui coule entre les seins. En virevoltant sur elle-même, sa fille dans les bras, elle fait soulever sa jupe comme un rideau sur je ne sais quel spectacle troublant, et m'envoie une bouffée moite et, comment dire, physique, oui, absolument physique, de ses profondeurs...

Je ne m'attarde pas. Je vais vers la fraîcheur du sous-sol. Je retrouve avec plaisir Grand-mère, assise là paisiblement. C'est un repos pour moi. Grand-mère ne sent pas, elle. Son chien oui, bien sûr, mais il n'est pas toujours sur ses talons, et Grand-mère n'est pas le chien. Elle est là. On dirait qu'elle m'attend. Je m'assois près d'elle. Je lui raconte ma journée, à voix basse. Elle écoute sans rien dire, hoche simplement la tête, légèrement, de temps en temps, comme pour approuver. Je lui donne des nouvelles des siens, de ceux de son monde. C'est au groupe de prière que je parle avec eux. Ils sont présents avec nous, au cours des réunions, ils planent sur l'assemblée comme une odeur légère, encensée, insinuante... Je ferme les yeux et me laisse emporter. Ils sont là, tous, même Grand-père, et d'autres que je n'ai pas connus. Ils nous attendent, ils nous disent comme c'est bon, là-bas, et tiède, et parfumé. — Viens, viens!... Ça y est… je ne touche plus le sol… Et puis il est l'heure, le prêtre nous remercie et nous bénit, et je me retrouve dehors. La chaleur, la poussière… Les femmes! Au retour je me précipite vers Grand-mère et m'agenouille à l'ombre, son ombre, si fine pourtant… Là, je suis protégé. Grand-mère, dans ce monde de passions et de bestialité, c'est comme une île de rêve où il n'y aurait ni pluie, ni vent, ni mauvais temps…

Je reste longtemps avec elle, et puis je la laisse à ses affaires. Il faut que j'aille aux miennes. Le sel sur la voiture. La laver, encore.

HONORAT

Depuis ce matin, je n'ai pas bougé de ma chambre. Je ne suis pas près d'en sortir! La maison de mon frère est une vraie passoire, n'importe qui vient y respirer, n'importe qui vient y poser ses pieds sales. Je dors mal, depuis que je suis ici. Grand-mère est hébergée chez Maman, ces temps-ci, ça veut dire que son chien infernal rôde par ici toute la journée. Et toute la nuit. Il tourne autour de moi. Je l'entends respirer, renifler, gémir. On dirait qu'il me cherche, qu'il veut grimper jusqu'ici. J'ai dû barricader la fenêtre, baisser les jalousies, boucher les interstices avec du papier de toilette.

Dans la journée, c'est encore pire. Grand-mère est installée ici, chez Désiré, dans le sous-sol, juste sous ma chambre, juste sous mon lit, et le chien est avec elle! Je sens sa présence à travers le plancher. J'ai placé plusieurs bougies sur le sol, que je laisse allumées en permanence, mais je vis alors dans la terreur de l'incendie. Je ne comprends pas pourquoi Désiré ne m'a pas donné une chambre tout en haut, un étage entier m'aurait séparé de cette cave et de ses pestilences. Et puis ç'aurait été plus simple pour les cabinets. Quelle équipée, à chaque fois! Attendre

qu'il n'y ait personne, guetter les bruits, les ombres.
Je sors de ma coquille, un membre après l'autre, centimètre par centimètre. Puis je grimpe à pas lents, me
retournant à chaque marche. Et si quelqu'un venait
maintenant? Que faire? Redescendre, au risque de
me faire prendre, ou fuir vers le haut, atteindre la
salle de bains, m'y cacher, m'enfermer dans un placard, m'enrouler dans une serviette? Et si la serviette
a déjà servi, déjà souillée de taches, fourmillante de
germes? C'est pourtant la seule solution. Je ne peux
pas utiliser les cabinets du bas. Pas seulement à cause
du chien. Sans le chien, ce serait pareil. Le problème,
en bas, c'est que la canalisation des toilettes est posée
à même le sol, elle glisse vers la pente jusqu'au bout
du jardin pour aller disparaître dans je ne sais quel
marigot, en contrebas, réceptacle de toutes les pu-
tréfactions du quartier. Ce tuyau est une abomination, un œsophage béant et tortueux qui relie la maison à la mare d'immondices et de vermine grouillant
nuit et jour au fond du ravin, et qui rejoint l'océan et
ses créatures nocturnes après avoir collecté dans les
égouts les excréments de la population environnante.
Quelle faune répugnante s'y terre, s'y multiplie? Les
rats, bien sûr, mais aussi les anguilles, qui naissent de
la fange, et les serpents, les crapauds, les vers,
mollusques, amibes, tout un bestiaire insoupçonné et
rampant, dévoreur de salissures et respireur de
miasmes. Ces parasites ne se contentent pas de la
profondeur des égouts, ils en colonisent toutes les
ramifications, s'introduisent dans le moindre tuyau.
Attendent-ils seulement la nuit pour y remonter? Ce
serait trop naïf de le croire. Ils ne s'y déplacent même

pas en visiteurs, en nomades: ils y vivent, ils s'y incrustent, ils guettent l'usager... Comment poser ses fesses sur une cuvette de W.C. quand on sait qu'à tout instant une de ces créatures peut en surgir et se jeter sur nous par en dessous et nous pénétrer? Assis sur la lunette, je regarde avec épouvante, entre mes cuisses, ce rond d'eau sombre qui n'ose pas dire ce qu'il cache. C'est affreux. Je serre les fesses. Hallucinations? Cauchemars? Oui. Les cauchemars existent. Je les devine, je les sens. Je les vois, ils fourmillent tout autour de moi, ils font corps avec la terre, ils n'attendent que l'occasion... Se fermer au maximum... Ne jamais s'asseoir par terre... Utiliser les cabinets du haut. Tirer la chasse d'eau plusieurs fois. Avant... Au moins, la hauteur de deux étages nous sépare de ce monde inférieur...

C'est sûr, Désiré aurait dû me donner une chambre au dernier étage. Il sait que ça m'aurait fait plaisir, que c'était nécessaire. Désiré... C'est peut-être sa femme qui n'a pas voulu. C'est bien possible. Je me méfie d'elle depuis toujours. Il y a quelque chose de mauvais en elle. Elle est énorme, flasque, ses intérieurs doivent être en pleine débandade, une déroute, une déconfiture... Sa graisse n'a rien de naturel, elle la sécrète exprès, elle n'est probablement qu'un déguisement pour sa mauvaiseté. Ça se sent. Elle tente de cacher sa maladie sous un air hypocritement jovial, mais je ne suis pas dupe. Je sais bien qu'elle essaie de me contaminer. À chacun de mes retours elle se précipite sur moi, elle essaie de m'embrasser, je sens ses seins énormes s'aplatir sur moi, sa joue gluante s'étaler sur la mienne, son haleine tiède se répandre sur mon visage. Mais il faut faire bonne figure. Et sourire. C'en est trop! Je n'en peux plus! Je dois me précipiter dans la salle de bains pour reprendre mon souffle, pour m'isoler un instant... Je me débarbouille à fond. Les joues me brûlent, je les frotte comme un forcené. Frotter, frotter... Puis je me douche. À l'eau froide, bien entendu, c'est la seule qui soit efficace... Je reste longtemps sous l'eau. Enfin je me sèche soigneusement, après avoir étendu une autre serviette sur le miroir pour le recouvrir. Se méfier des miroirs... Menteurs! Ensuite, je dois me changer. Elle a laissé plein de cheveux, de poils ou de pellicules sur ma chemise, je vais encore éternuer toute la nuit si je ne m'en sépare pas immédiatement. Je devrais la brûler. Mais la fumée me gêne...

Ce soir, il faudra paraître. Se faire mouiller les joues, encore, se faire serrer la main, se faire respirer dans la figure. Je n'y couperai pas, aux cinquante ans de mariage de Maman. Il va falloir aussi supporter leurs péroraisons et leurs caquetages. Ça va sentir la saucisse grillée toute la nuit, et nous allons traîner cette odeur sur nous pendant au moins une semaine. Les odeurs sont pires que les microbes, on ne peut rien faire contre, elles passent à travers les tissus, à travers les murs. J'ai tout essayé, les vaporisations, les fumigations, les aspersions, les prières... En vain. Le résultat est encore plus nauséabond. Saucisse et lavande est un des mélanges les plus infects que je connaisse, presque aussi immonde que l'ignoble exhalaison dégagée par le chien de Grand-mère. Oh, ce chien! Il me donne envie de vomir. Et on se demande de quoi elle souffre, Grand-mère! Mais ça ne leur saute donc pas aux yeux? C'est ce chien qui la tue à petit feu, c'est lui qui l'empoisonne. Ce monstre! Ça fait des années maintenant que Grand-mère ne respire pas autre chose que cette atmosphère viciée. Elle résiste vaillamment, tant qu'elle peut, elle est très forte, mais tôt ou tard, le chien aura raison d'elle. Le temps joue pour lui. Et je sais bien ce qui se passera, ensuite. Quand il en aura fini avec elle, il s'attaquera à moi. Il sait que j'ai percé son jeu. Je serai le prochain. Sont-ils donc tous aveugles? Ou font-ils partie du complot, eux aussi? Non, bien sûr. Maman est hors de cause. Andoche et Désiré également, c'est évident, ce sont mes frères. Mais hélas, ce n'est plus une protection suffisante. Chilou, déjà, est perdu pour la famille. Toutes ces ordures qui lui ont mis le grappin dessus, l'ont vidé de sa substance, en ont fait un mouton qu'elles tondent sans vergogne. Chilou ne nous appartient plus. C'est un zombi. Le prochain, ce sera Désiré. Lui aussi, il est déjà sous influence. Il est sous l'emprise d'une harpie. Elle est même pire que les autres, celle-là, tiens. Les autres, au moins, inspirent de la méfiance, ce sont des étrangères, on sait à quoi s'en tenir. Tandis qu'elle, Aphrodise, elle est dix fois plus sournoise qu'elles toutes. Elle se cache, elle joue le jeu de la famille, elle a séduit Maman elle-même. Elle s'est introduite comme une fumée dans un poumon, comme un cancer dans la maison, et elle la corrompt de l'intérieur. Elle règne là comme une pieuvre au fond de son labyrinthe, et elle nous digérera tous, les uns après les autres. La maison partira en petits morceaux, rongée par cette lèpre. Je la sens déjà sur ma peau... Constamment, je dois me tenir sur mes gardes, veiller au grain. C'est exactement ça. Au grain. Depuis des années, je ne porte que des vêtements sombres, en dépit du climat : les particules indésirables s'y repèrent plus facilement. Elles ne m'échappent pas. J'ai l'œil. C'est bien simple, je dois passer mes journées à m'épousseter, à chasser ces miettes maladives qui se déposent sur moi. L'air même que je respire est plein de menaces. Il suffit de le voir danser dans un rayon de soleil, quand les persiennes sont mal fermées, pour qu'il révèle les tourbillons de poussière qui l'empoisonnent. L'atmosphère tout entière n'est qu'un nuage toxique. Si la poussière qu'elle contient se déposait d'un seul coup sur le sol, nous nous retrouverions aussitôt enterrés vifs sous des mètres et des mètres d'immondices. C'est atroce, je sors mon mouchoir...

Je ne suis pas encore sorti de ma chambre, aujourd'hui. J'ai eu des insomnies toute la nuit, à cause du chien, et j'ai somnolé assez tard. Je n'ai pas le sommeil très facile. Il me faut rester vigilant, pour déjouer les tentatives des liseurs d'idées. C'est le moment qu'ils guettent, ces instants de fatigue où alternent les phases de sommeil léger et de veille fébrile. Ils s'introduisent dans nos rêves et y substituent les leurs. Pourquoi, sinon, ces rêves plus stupides les uns que les autres, insensés, saugrenus, ces situations que nous n'avons jamais vécues? Sans ces reptiles volatils qui s'introduisent dans mon cerveau, je ne rêverais peut-être même jamais. Je pourrais dormir en paix...

J'étais allongé, tout à l'heure. J'ai entendu des pas dans la maison. Ce n'était pas Bertinotte, elle ne fait pas de bruit. Elle n'a pas le droit d'ailleurs de se promener à cet étage. Et puis, il s'agissait de pas d'adultes, décidés, envahissants. Ni Andoche ni Désiré. Qui? Tous. Eux. Ils venaient me voir, sans doute. Et moi qui n'avais pas pensé à m'enfermer! J'étais déchiré. Rester couché et faire le mort, ou me lever pour fermer la porte et risquer d'attirer ainsi leur attention? Déjà des gouttes de sueur glacée perlaient à mon front, d'autres coulaient sous mes aisselles. Que faire?

J'ai alors entendu les voix. Celle d'Aphrodise, d'abord, conquérante et emplie de mauvaises intentions. Une voix de propriétaire. Elle vient d'entrer dans le salon. Trop tard pour aller jusqu'à la porte! Je fais le mort. Elle est avec Dou, ma sœur. Elles commentent le mobilier, la décoration. Aphrodise lui décrit les lieux au fur et à mesure, comme si la maison lui appartenait, que personne d'autre qu'elle n'y avait le droit de cité, que je n'avais plus moi-même qu'à me sauver comme un chien. Mais je tiendrai bon! Je ne bougerai pas d'ici! Je ferme les yeux et je résiste de toutes mes forces. Je transpire à grosses gouttes, mais je ne céderai pas. Enfin, voilà qu'elles passent. Elles vont sortir du salon et disparaître dans la salle à manger. Elles ne se sont pas approchées de ma porte. Elles partent. Je respire...

Doucement, je vais pousser le verrou, puis je reviens m'étendre sur mon lit. Est-ce que je m'endors? Tout à coup, l'angoisse me reprend, accrue, mordante. Je perçois un autre bruit! Les voix de Dou et d'Aphrodise se sont tues, mais j'entends maintenant comme un frottement à peine perceptible, tout proche... Il n'y a pas de doute, c'est un bruit de pas. Un autre... Un pas léger, feutré, un pas de voleur... Un pas que je n'identifie pas... Une haleine! Il y a encore quelqu'un ici, quelqu'un que je ne connais pas et qui rôde. Quelqu'un qui me cherche! Qui est ici? Les pas ont cessé. Mais j'entends sa respiration, maintenant. Je n'ose pas respirer moi-même. Je ne fais pas le mort. Je suis mort...

Je ne sais pas combien de temps cela dure. Soudain, il y a comme un petit sifflement, puis un soupir, et les pas reprennent. S'éloignent. Je respire de nouveau. Je n'en peux plus. Ma vie n'est qu'une succession d'asphyxies et de bouffées d'air. Là encore, pourtant, il faut être prudent. L'air est notre pire ennemi. Malsain, sournois... L'air même que je respire en ce moment a déjà été respiré par des milliers, par des millions de personnes auparavant, et par des animaux, par des chiens, des rats, des limaces. Ça y est! J'étouffe de nouveau! Je le sens me brûler les poumons, la trachée. C'est insoutenable! Ils ne me laisseront donc jamais en paix! Où que j'aille, il faut qu'ils me suivent, qu'ils me retrouvent, qu'ils me hantent. Même ici, au sein de ma propre famille, ils viennent me torturer. Je les sens grimper tout au long de mes jambes, de mes bras. Ils se glissent sous mes manches, passent sur ma poitrine, ils m'oppressent... je fais de grands gestes... je me gratte je me gratte je me gratte, désespérément, à m'en arracher la peau... je ne peux plus tenir... Je me lève.

Par les persiennes me vient un bruit de moteur. Une voiture vient de descendre l'allée. Elle se gare contre la maison, en bas de ma chambre, devant l'entrée du sous-sol. Il y a tout un remue-ménage, et des éclats de voix. Cette fois, c'est ma mère et mon oncle Léobard. Je m'approche silencieusement de la fenêtre et relève doucement les jalousies. C'est bien la voiture de tonton Léobard qui est là, portières grandes ouvertes. Une grosse voiture noire, aux vitres teintées, presque aussi propre que celle d'Andoche. J'ai tout juste le temps de voir une énorme chose molle se glisser à l'intérieur. Le chien! Ils vont emporter le chien! Dieu merci, je vais enfin pouvoir sortir d'ici! Je respire.

Bientôt, je les vois ressortir du sous-sol. Maman, tonton Léobard, et Papa aussi, qui vient d'arriver. Ils tirent le fauteuil de Grand-mère. Comment! Ils vont donc l'emporter, elle aussi? Grand-mère ne va donc pas assister à la fête? C'est inconcevable, comme si on faisait la procession de la Fête-Dieu sans sortir le Saint-Sacrement! Grand-mère est notre aînée à tous, la plus sage d'entre nous, la plus fine, la plus sensée. Elle voit tout, elle sait tout. Elle règne sur nous, sans un mot, éternellement assise dans son fauteuil comme sur un trône. Elle est notre plus sûre protection, notre dernier rempart contre les maux qui nous guettent. Notre divinité tutélaire... Son rôle est primordial, oui, oui, même si peu d'entre nous sont capables de s'en rendre compte. C'est elle qui se sacrifie pour nous tous, depuis toujours, elle qui attrape toutes les maladies, tous les virus, tous les germes qui passent, pour que nous soyons épargnés! C'est elle qui nous purge, qui nous filtre! Oh non! Ils n'ont donc rien compris! Il ne faut pas l'emporter! C'est la catastrophe! Et voilà que Léobard referme sur elle la portière de la voiture... Il s'assoit au volant,

démarre... La voiture disparaît en haut de l'allée...
Maman court derrière, agite les bras... Elle crie...
Trop tard! C'est fini! Grand-mère est enfermée à
l'intérieur avec ce cauchemar de chien! Ils sont tous
fous! Ils ne voient donc rien! Au secours, mon Dieu,
Seigneur, la Vierge! Ogoun! Guinarrou! Grand-mère
Grand-mère Grand-mère!... Reviens!... Oooooh!...

Elle nous abandonne. Nous sommes seuls. Irré-
médiablement seuls.

LA VIEILLE

Nul ne peut veiller sur sa solitude s'il ne sait se rendre odieux... Ce n'est pas de moi, je sais, mais c'est tellement joli! J'en ai mis, du temps, avant de comprendre ça. J'aurais dû comprendre beaucoup plus tôt, je me serais évité bien des ennuis. Maintenant c'est un peu tard, je joue un autre jeu. Et puis, de toute façon, je suis trop vieille, je suis en sursis... Et plus pour longtemps... Qu'on ne vienne pas me dire que la vie n'a pas de sens. Il est là et bien là, le sens de la vie. Tout droit. Vertical. Et vers le bas. Il tombe, le sens de la vie. En chute libre. La décrépitude. Vieillir...

Ma vie, elle est toute tracée. C'est une ligne droite. Pour la voir, je n'ai qu'à me retourner, elle est derrière moi. J'ai déjà dû en faire, quoi, les neuf dixièmes au moins, plus, même. Ce qui me reste, maintenant, c'est un chapelet de siestes et d'insomnies, une existence de mollusque. Le temps, je suis arrivée au bout. Le reste ne compte plus. Le pire, c'est que ça pourrait même durer. Durer, durer, des années encore, peut-être. Et tout ça pour des prunes. Quelle trace laisser? Rien. Pas même un fossile, un caillou qui prendra la poussière sur l'étagère d'une nouvelle erreur de la nature, dans quelques millions d'années... Et encore! Il faudrait que j'aille crever dans la mer, pour ça. Aucune chance...

Cette chaleur! On pourrait faire des tartines avec. D'un bout à l'autre de l'année, je macère dans cette atmosphère saturée. La sueur, la crasse, la moisissure... C'est peut-être pour ça que je m'éternise. La saumure, ça conserve. J'ai tout du hareng saur... La figure, la peau, la couleur. L'odeur, sans doute...

En attendant, je ne risque pas de m'écrouler. Je suis fixée devant la télé. Encore. Il y a des vieux, c'est la piqûre, d'autres le bingo. Moi, c'est la télé. C'est mon médicament, mon antidote, ma vitamine... J'en ai ma dose quotidienne. Mais ce n'est pas elle qui m'empêche de tomber. C'est la ceinture. Leur toute dernière invention... Une ceinture de cuir, une de celles de Léobard, assez longue pour faire trois fois le tour du dossier de mon fauteuil et moi avec. C'est ça, leur trouvaille. Ils m'attachent à mon fauteuil! Pour un peu ils m'auraient mis une camisole. Ils auraient eu un sarcophage sous la main, avec des bandelettes et des aromates, ils m'auraient vidée de mes tripes et farcie d'herbes de Provence! Encore heureux!

Ils sont repartis, en me laissant là, enchaînée à la télé, pendant qu'ils vont chanter alléluia chez Perpétue. Riche idée. Si ça pouvait être comme ça tous les jours, je pourrais respirer mon air en toute tranquillité, je pourrais aller m'installer devant le frigo pour prendre le frais. Parce que pour leur ceinture, ils peuvent repasser! J'étais déjà vieille qu'ils pissaient encore dans leur culotte, alors j'ai un peu d'expérience, non? Détacher une ceinture, c'est quand je veux, comme je veux, je fais ça d'une seule main.

Enfin, ça prouve que mon petit truc, pour qu'on me foute la paix, il a bien marché. Une paix royale! S'ils croyaient que j'allais faire la bonne! Quand ils m'ont sortie de chez moi, à la mort du vieux, j'ai eu un peu peur que ce ne soit leur intention. C'est souvent comme ça. Pratique, les ancêtres. On les ramasse et ça fait une nounou à l'œil, ou une bonniche, une souillon, au choix. Pas chère. Et qui ne mange pas gras, avec ça. Alors je me suis dis non. Pas de ça! Ils ne m'auront pas! Et je me suis mis vingt ans de plus sur la figure, de la crasse dans les rides, du vague dans les yeux, je me suis cramponnée à mon fauteuil, et je n'ai plus bougé. Je les ai eus!

Le plus drôle, c'est qu'ils m'ont payé une chaise roulante. Pour que je sois bien, ils disaient. Pour que je puisse me déplacer toute seule. Ils n'avaient rien compris! Ils s'imaginaient peut-être que j'allais me casser les bras à les manœuvrer, leurs roulettes? Ils s'imaginent que j'ai besoin d'aller quelque part? Ou que j'en ai envie? Centenaire, je suis, ou presque. J'ai un pied dans la tombe et l'autre dans la vaseline, je peux m'écrouler d'un moment à l'autre, alors, les promenades digestives... Ils sont arrivés quand même avec leur fauteuil de paralytique, en grande pompe. Pitoyable! On aurait dit une remise de prix. Ils s'étaient cotisés, tous. Une conspiration de foireux. Ils étaient là en rond, comme des tèbès, la larme à l'œil, autour de leur quincaillerie. Pour que je sois mieux, ils disaient. Mais oui, c'est ça, pour que je sois mieux! Allez! Je sais bien ce qu'ils pensaient, oui! Plus avoir à me traîner aux cabinets! Que je me débrouille toute seule pour y aller, avec mes petites roulettes! C'est tellement mieux comme ça. Maintenant, quand je fais sous moi, ils peuvent lever les bras au ciel avec la conscience nette. Ah la vieille salingue! Mais elle le fait exprès, donc! Elle peut donc pas courir quand elle sent que ça vient? C'était bien la peine de lui faire un cadeau pareil, de se saigner aux quatre veines! Misère de nous!...

Ça, ils ont raison. Misère d'eux. Parce que les plus emmerdés, c'est bien eux. Moi, je n'ai plus rien à gagner ni à perdre, il ne peut plus rien m'arriver. C'est bien leur tour. Alors ils se vengent comme ils peuvent, avec des mesquineries. Pas méchamment, jamais. C'est toujours pour mon bien. Ils me nourrissent de têtes de poissons et de crèmes au chocolat avec de l'eau à la place du chocolat. C'est pas pour m'embêter, au contraire, c'est bon pour ma santé, c'est sain, c'est plein de phosphore et il n'y a pas de gras. Pourquoi les têtes, de poisson? C'est une vieille histoire, déjà. Un jour, il y a longtemps, j'avais eu le malheur de dire que dans le poisson, le meilleur, c'est la tête. C'est vrai, je le maintiens, la chair de la tête est plus fine, c'est bon, de sucer une tête de poisson. Mais je n'ai jamais dit qu'il n'y avait que ça dans la vie! Les frites aussi, c'est bon. J'aime ça, les frites. N'empêche qu'ils ont quand même sauté un peu vite sur l'occasion, ces radins. Ça les arrange. Sitôt qu'ils mangent du poisson — et ils en mangent, il faut voir! — la tête, c'est pour moi. Grand-mère, tu vas être contente, on t'a gardé la tête! Ben tiens. C'est fait avec tellement de gentillesse... Seulement, maintenant, j'y suis condamnée, à la tête de poisson. Du bifteck, par exemple, pas question. Faudrait voir que j'y touche! Grand-mère, c'est pas bon pour toi, voyons, qu'est-ce qu'il va dire, le docteur, tu vas te faire du mal... Et voilà. Ça va me faire du mal. Et eux, ça leur ferait pas mal au porte-monnaie, de me payer un peu de viande? Ou du gâteau? J'aime ça, le gâteau. Avec de la crème. Et du chocolat. Mais c'est pas bon pour moi. Ça, ils le savent, ce qui est bon ou pas bon pour les autres. Je me souviens, quand il est mort, le vieux. Ça traînait en longueur. Il était fichu, on le savait depuis des mois. Il partait en morceaux, le foie, la rate, les boyaux... Tout décousu, il était! C'est comme s'il avait déjà été froid, comme s'ils l'avaient déjà mis dans la boîte après qu'on lui avait enlevé ses premiers morceaux d'intestin! Il ne manquait plus que le couvercle! Un jour, sur la fin, dans un moment de lucidité, où il ne souffrait pas trop, il a demandé un verre de rhum. Un rien, juste un petit sec, deux doigts, que ça lui ferait bien plaisir, une dernière fois. Les cris, que ç'a été! Tollé général, haro, hallali! Mais Grand-père, tu veux donc te tuer! qu'ils gueulaient. Ah les chiens! Il lui restait plus rien à vivre, au vieux, bouffé qu'il était jusqu'au trognon par un cancer du grand modèle, des heures, pas plus, et encore, des secondes. Il allait peut-être même la rendre dans la minute qui venait, son âme, s'il en avait une... Et ils lui ont refusé un verre de rhum parce que ça pouvait lui faire du mal! Ses propres enfants! Le vieux, comme de juste, il n'a pas passé la nuit, et son rhum, il a dû faire une croix dessus, avant qu'ils en fassent une sur lui...

Et ça, ce n'était que le commencement des ennuis. Du temps du vieux, je ne rigolais pas tous les jours, d'accord, mais au moins j'avais ma paix. Lui toujours dehors à courir les filles et à dilapider sa fortune, et la mienne. Mais je m'en fichais comme de l'an quarante, de la fortune. Ce n'est pas à moi qu'elle allait revenir, de toute façon, alors il pouvait bien la jeter par les fenêtres tant qu'il voulait. Léobard et Perpétue, pas de problème, ils étaient déjà casés. Fonctionnaires, la rente à vie. Besoin de rien! Serviteurs du maître, loufiats jusqu'au trognon, les poulets sous la fourchette… Et pourtant il les déteste, les Blancs, Léobard. Mais quand il en parle, tu sens bien qu'il n'oublie pas la majuscule. C'est dans sa moelle, il a le chromosome de la génuflexion. Alors tant pis pour la fortune, ou ce qu'il en resterait. Qu'il aille revernir ses putes avec, le vieux, qu'il boive et qu'il baise, et qu'il n'en reste rien! Dans le fond, ça m'arrangeait même, qu'il aille coucher à droite à gauche. J'avais le lit pour moi toute seule, un grand lit, et quand il rentrait — pour se faire pardonner quelque chose, peut-être, un peu chatouillé par la honte? — il arrivait toujours avec des roses ou du champagne. Résultat, je me gavais de foie gras, je pétais dans la soie, et je ne l'avais jamais sur le dos… Le mari idéal! C'est quand il est mort, que j'ai compris mon malheur. Finie, la belle vie. Je me suis fait une tête de circonstance, bien sûr, une tête de veuve éplorée. Il fallait un minimum de décorum. Ça n'a pas traîné. Tout de suite ils se sont jetés sur moi, une volée de corbeaux. Des charognards, des chacals, des vers… Voraces… Jamais personne ne s'était occupé de moi, mais, d'un seul coup, la famille me tombait dessus, et ça m'entourait, ça me consolait, ça s'essuyait les joues sur mon épaule, ça partageait mon affliction. Mais ma parole, c'était eux, l'affliction! Ils ne se rendaient donc pas compte? Des collants, des mabrouyas! Qu'est-ce que j'en avais à foutre, de leurs consolations? J'avais pas mal au foie, moi, j'avais pas des cailloux dans la vessie! S'ils voulaient me faire plaisir, ils n'avaient qu'à me payer du caviar et m'arroser à la veuve Cliquot. Mais non! À côté de la plaque, ils étaient. Les larmes, des mains dans le dos, lamentations et trémolos, ça oui, j'ai eu droit à la totale. Plus un moment à moi. Mais qu'est-ce que je pouvais faire pour avoir la paix? Crever, moi aussi? Ah, je croyais être pour de bon tranquille! Tu rêvais, ma bonne. Ça n'a pas duré.

Ils m'ont prise chez eux quelques jours après. Plus moyen de leur échapper. Je ne pouvais pas rester toute seule dans une aussi grande maison, ils disaient. Et si j'avais un accident? Ou une attaque? Et si des voyous entraient dans la maison pour me torturer, me griller la plante des pieds, me voler mon bas de laine et abuser de moi par-dessus le marché? Abuser? Ils auraient fait joli, les violeurs, s'ils avaient dû abuser! Il y a assez de chairs fraîches par ici pour ne pas avoir à se taper des viandes faisandées... En tout cas, je n'ai pas eu mon mot à dire. Je me suis retrouvée ravet chez Perpétue, dans l'ancienne chambre des filles, réaménagée pour moi en mouroir. Là, j'ai compris pourquoi les animaux tournent en rond quand on les enferme. C'est bien moins compliqué que de tourner en carré! Et je commençais à m'y mettre, moi aussi. Tourner, tourner... La seule chose à laquelle j'avais le droit de toucher, c'était le carre-

lage, avec mes pieds. Gare à la télé, que je n'aille pas
la dérégler. La regarder, tant que je voulais. Là,
aucun problème. Perpétue me l'allumait à volonté. Et
même sans. Des jeux idiots, le trois cent cinquan-
tième épisode d'un feuilleton brésilien, les nouvelles
locales... Des matinées, des après-midi entières à
m'user les yeux, sans pouvoir changer de canal. Et la
cuisine? Te fatigue donc pas, Grand-mère, laisse donc
ça, je vais faire pour toi. Bon, bon, d'accord, je m'en
retournais dans ma chambre. Je ne voulais pas les
contrarier. Puisqu'ils ne voulaient pas que je touche à
leurs affaires, je les plantais là avec le gaz allumé et je
disparaissais. Résultat, il en a brûlé, des fonds de casseroles. Bien fait pour eux!

Rien, rien, rien à faire. C'est tout juste si je pouvais aller pisser toute seule. La boîte du vieux était
dans le trou et la mienne, maintenant, je la sentais
déjà prête. Il n'y manquait que la couronne. Et les
clous. J'étais déjà froide, et les morts, ils n'ont plus le
droit à la parole. Du moins, à certaines paroles. Parce
que dans la famille, il y en a qui leur parlent, aux
morts, ou qui les font parler. Ce crétin d'Andoche!
Pauvre larve! Tellement perdu dans ce monde qu'il
en est réduit à aller se cacher dans l'autre... Il ne
parle qu'aux revenants. C'est pour ça qu'il me parle,
d'ailleurs. Il ne s'est pas trompé. Il sait que je suis
déjà de l'autre côté... Mais même là, apparemment,
on n'a pas sa paix. De toute façon, qu'est-ce qu'il
peut bien leur raconter? Qu'est-ce qu'il peut bien leur
demander? Le numéro du prochain loto, s'il faut
vendre une partie de la propriété ou si les prix vont
encore monter, s'il vaut mieux acheter des fonds de

placement ou de la retraite? Même pas. Même pas ça!
Ce serait utile, au moins. Mais non. Il va demander si
la tante Ursule, celle qui est morte l'année dernière,
est bien arrivée et si elle a toujours son bouton sur le
nez, ou si l'oncle Hyppolite, défunté lui aussi, se
gratte toujours l'oreille avant de dire bonjour. C'est
ça qui le passionne. Même la mort, ça n'arrête pas la
connerie. Moi, ce genre de conversation ne m'intéresse pas. Autant ne rien dire. D'ailleurs, j'ai arrêté de
parler. Je me suis dit que peut-être ça les calmerait,
qu'en voyant que je ne répondais pas, ils finiraient par
se lasser et me foutraient enfin la paix. Alors, définitivement, je l'ai bouclée. Je n'avais plus rien à leur dire.
Qu'est-ce qu'il y a à dire, d'ailleurs? Silence, donc. Ils
ont mis ça sur le compte du choc, de l'émotion. Tant
mieux. D'autant plus que pour mieux respecter ma
douleur, comme je les ai entendus dire derrière les
portes, ils se sont aussi abstenus de la moindre
jovialité. Des pleurs, des lamentations, oui, autant
que je voulais. Mais de la rigolade, pas question.

Pendant un temps, ils n'ont pas osé me déplacer.
Ils passaient autour de mon fauteuil, sans regarder,
sans respirer, comme si j'avais été un étron oublié
dans la chambre. Ils me tournaient autour, même
pour balayer. Les discussions non plus ne passaient
pas par moi. Au-dessus, à côté, par derrière. Ou à
travers. J'étais comme un meuble inutile posé au milieu de la maison, qu'on évite avec soin pour pas se
faire mal aux chevilles. Et puis, avec l'habitude, on a
commencé à me pousser, un petit coup à droite, un
petit coup à gauche, pas beaucoup. Excuse-nous,
Grand-mère, on pousse un peu ton fauteuil. Là,

voilà. Ne t'inquiète pas, reste tranquille. Oh, pour ça, rester tranquille, ils n'ont rien à craindre. Et puis, comme j'ai vu que ça les gênait de m'avoir dans les jambes, je me suis dit que ce n'était pas la peine de faire la discrète, de mijoter mon féroce toute seule au risque d'abîmer les casseroles ou de flanquer le feu à la maison. J'ai posé mon bonda sur mon fauteuil et je ne l'ai plus décollé de là. Ils s'en sont tout juste aperçus. On s'habitue à tout, même à une vieille sourde et muette et impotente et gâteuse, abandonnée là, dans le passage. Alors ils ont fait de moins en moins attention. Ils se sont mis à me pousser sans rien dire, à me transbahuter à droite à gauche, à me changer de pièce, à m'oublier dans un coin. C'est tout juste si on ne me passait pas le plumeau sur la tête, les jours de grand nettoyage. En un rien de temps, je suis passée du statut d'ancêtre à celui d'antiquité. En fait, j'ai même eu l'impression que personne n'avait remarqué que je ne parlais plus. Des muets, il y en a, dans cette famille de morts-vivants, ça n'a donc rien d'extraordinaire. D'ailleurs, qu'est-ce qu'on peut demander d'autre à un vieux que de ne pas faire de bruit? Tout allait bien, finalement, chaque chose à sa place, et la vieille dans son coin. Là où ça a commencé à les inquiéter, c'est quand Chérie, une année, s'est mis en tête que j'étais malade. Une maladie bien belle, bien moderne, pas une maladie de pauvre. Une maladie avec un nom de sauvage. Mais, en gros, ça voulait dire tout simplement que j'étais dingue. Je les entendais discuter dans la cuisine. Pilade, lui, il avait décidé que j'étais sourde comme une crotte, un point c'est tout. Il y a longtemps qu'il ne prend plus de précautions oratoires. Il gueulait comme un porc, que tout ça c'était du foin, de la charlatanerie, des maladies pour les gens pas malades, que je n'étais qu'une pauvre vieille qu'il fallait laisser finir tranquillement ses jours. Mais la Chérie, quand on la contrarie, c'est une tigresse. Qu'est-ce qu'il a pris, Pilade! Mais il a préféré battre en retraite et aller voir ses bêtes. Je l'ai vu passer, ronchonnant, devant ma fenêtre. Pas content, mon gendre. Il en avait pour le restant de l'après-midi. La suite, j'ai eu plus de mal à l'entendre. Perpétue essayait de calmer Chérie. Je me suis levée discrètement pour aller écouter à la porte. La Chérie était en train d'expliquer à sa mère le pourquoi et le comment de cette nouvelle chose qui venait de faire irruption dans la famille. J'avais des déficiences, elle disait. Avec des noms qui ne sont pas dans le dictionnaire. Ça n'a pas traîné. L'après-midi même, sitôt Chérie repartie à la plage, Perpétue a appelé Léobard. Radio-potins était en route. Le week-end suivant, toute la famille était au courant. Grand-mère, elle part de la tête. Ben dis donc! Dans la semaine, pendant qu'ils étaient tous dehors, j'ai ramassé un magazine que Chérie avait laissé sur la table du salon. Il était ouvert sur un article crayonné en rouge dans tous les sens. Un article sur les troubles mentaux de la vieillesse, bien sûr! Je venais de tomber sur le médecin de la famille. Je revenais de loin! Qu'est-ce qui se serait passé si, au lieu de ça, il y avait eu un reportage sur la lèpre ou la gangrène!

Du coup, à partir des jours suivants, ils se sont tous mis à me regarder en coin. Heureusement que j'avais lu l'article. Ils voulaient qu'il me manque une

case, que j'aie de l'Alzheimer, je n'allais pas les décevoir. C'est pas longtemps après qu'ils ont eu l'idée du
fauteuil roulant : pas si inutile, dans le fond. Quand
je les vois arriver, je décampe. Mais ce n'est pas toujours si simple. Il y a des silencieux, dans cette maison, je ne les entends pas toujours venir. Andoche,
Honorat. Andoche, surtout. Quelle poisse, celui-là. Il
arrive toujours à me coincer. Honorat, au moins, il
ne sort pas de son placard, mais Andoche! Des heures,
ça dure, des heures entières! Collé sur moi comme
un ravet, à marmonner sans fin. Il me raconte sa vie,
ou son absence de vie, ses morts, en long, en large et
en travers. Je ne l'écoute pas plus que le ronron du
frigo ou le bruit des insectes. Il pose même des
questions, par moments, je crois, mais les réponses
ne l'intéressent pas vraiment. Et puis, je ne suis pas
censée répondre. Il n'a pas trente ans, l'Andoche, je
crois bien, mais il parle déjà tout seul. Et on voudrait
me faire croire que c'est moi qui déraille! Et
Perpétue, et les autres... Ils ne les attendent pas non
plus, les réponses. Ils travaillent tous à deux voix,
chacun de leur côté. Qu'est-ce qu'ils imaginent? Que
je vais leur faire écho? Je ne suis pas gâteuse, moi. Je
ne demande qu'une chose. Qu'on me lâche un peu.
C'est pas compliqué, non?

Là où je suis le mieux, c'est encore quand ils me
parquent dans le sous-sol de chez Désiré. Perpétue,
dans le fond, n'aime pas trop m'avoir chez elle. Il
paraît que mes roulettes font des marques sur son
carrelage. Elle ne l'avouera jamais, évidemment, elle
aime trop sa vieille maman pour penser des choses
pareilles à voix haute, mais rien qu'à entendre ses

soupirs, quand elle brique son salon, parce qu'elle vient d'y remarquer une petite trace noire, on se demande ce qui est assez fort pour la retenir de me balancer dans les escaliers. Si elle me colle dans cette cave, entre la lessiveuse et les poubelles, c'est, officiellement, pour que je n'aie pas trop chaud, que j'aie un peu d'air, que je sois bien. Elle a raison, dans un sens. Ce sous-sol, c'est bien la seule pièce de la maison qui soit pratique. On y trouve de tout. Quand je suis sûre qu'ils dorment tous, à l'heure de la sieste, je vais faire un tour dans le frigo. C'est bien rare si je n'y trouve pas un bout de gâteau. Tiens, du gâteau au chocolat, par exemple. C'est bon, ça, le chocolat. J'enfonce mes doigts dedans, c'est doux, c'est frais. Je me lèche les doigts un par un, je passe bien la langue sous les ongles... C'est encore meilleur quand c'est volé. Elle va faire la gueule, Aphrodise. Et Désiré, donc! Mais qu'est-ce que je risque, franchement? Rien, absolument rien. On accusera les gamins, comme d'habitude. Bertinotte, Chilou. Quand il est là, lui, c'est une aubaine. Il prend pour les autres. Mes doigts dans le gâteau, je les mets bien profond... Ils ne vont pas en prendre les empreintes. Tiens, ce matin, quand je me suis offert une petite lichette de champagne pour digérer le chocolat, je n'avais pas besoin d'alibi, non plus. Je savais bien que Désiré ne serait pas long à démasquer le voleur : Chilou, hein! ou l'autre, encore, ce nouveau venu dans la cage aux singes! Il n'a pourtant pas honte, Désiré, de garder des fonds de bouteilles pour les refiler aux invités! Quand même, j'ai bien failli me faire prendre. J'étais debout, la tête dans le frigo, mon fauteuil cinq pas derrière moi. Si un gamin avait surgi à ce moment-là, il m'aurait prise la main dans le sac. Debout, la bouteille de champagne à la main et des moustaches de chocolat jusqu'aux oreilles! Bah, dans le fond, est-ce qu'on le croirait? Pas sûr. C'est trop gros. On lui flanquerait plutôt une bonne paire de claques pour lui apprendre à dire des mensonges pareils.

Une qui ne se risquerait pas à raconter qu'elle m'a vue faire mon petit tour sur mes deux jambes, en tout cas, c'est Bertinotte. Pauvre chose! Elle vit dans la peur, cette gamine. Elle est bien sage, ils disent, bien élevée. Tu parles! Elle crève de trouille, oui! Trouille de respirer, trouille d'exister. Elle se laisserait crever, asphyxiée, empoisonnée, gazée, plutôt que de péter un coup. Même sur une île déserte! D'ailleurs elle ne pète pas, cette gamine. Elle ose à peine chier, c'est sûr, elle doit être au bord de l'évanouissement chaque fois qu'elle sent que ça vient. Morte avant d'être née, Bertinotte. Ce n'est pas par manque d'amour, pourtant. Faut voir Perpétue te l'attraper par un bras et te l'aplatir sur ses seins en lui rugissant des mots doux! Elle la lamine, elle la concasse, elle la désosse... Elle ressort de là vidée de sa substance, la gamine, vampirisée, le cœur arraché, les poumons repassés... Un bel avenir en perspective! La version en rose de ses oncles. Zombi et compagnie. Elle me ressemble déjà!... À huit ans à peine... Je me demande ce qu'ils font, tous les deux, quand l'Andoche l'emmène faire un tour dans sa voiture. Rien, peut-être. Sans doute... Ça lui rendrait pourtant service, de se faire mettre quelque chose, ne serait-ce qu'un doigt. Ça lui apprendrait la vie, par où ça passe et quel effet ça fait. Un doigt? Un bâton, oui, un manche à balai, tout au fond... Au moins, elle saurait ce qui l'attend, elle saurait pourquoi elle est là! Et puis, pas de danger, elle irait rien raconter, jamais... Allez! Rien à craindre, non, vraiment. Moi aussi je peux y aller. Taper dans la pâtisserie sans remords... Et vider les fonds de bouteilles...

Le seul problème, dans ce sous-sol — le seul de mon existence, d'ailleurs — c'est le chien. Ça c'est le bouquet! Mon chien, ils disent! Cette bête immonde, qui me suit partout. D'abord ce n'est pas un chien, c'est une chienne. Valentino! Niaiserie ou dérision, je ne sais pas. Enfin si, je sais. Dérision, absolument pas, ils sont dépourvus du moindre sens de l'humour. Même de l'humour le plus noir. Valentino, donc. Ils m'ont collé ce monstre sur le dos parce qu'ils ont décidé qu'il s'était attaché à moi. Ce n'est pas qu'elle me suive de son plein gré, pourtant, cette bête. Elle n'en a pas, de gré, bon ou mauvais. Elle n'a, à elle, que son odeur. Mais sa gamelle ou la mienne, elles sentent pareil. Et puis, tant qu'à avoir des puants à la maison, et infirmes par-dessus le marché, autant les parquer dans le même coin. Alors ils m'ont collé cette répugnance sur le dos. Ah, c'était pas pour mon bien, cette fois, non! C'était pour avoir de la compagnie. Pour que je ne sois plus toute seule. On a l'air fines, toutes les deux. Deux cadavres en liste d'attente. Pauvre Valentino! Pauvre misère! Ça lui va bien, ça, comme nom. Misère. Comme un gant. Misère de chienne...

Encore que, Misère... Ils ne savent pas encore, les autres. Ils ne sauront jamais... Depuis ce matin qu'ils le cherchent, leur argent. Leur argent? *Mon* argent! À moi! Elle me revenait, cette maison. J'y avais passé ma vie. Vie de chien, peut-être, mais la mienne. On ne m'a pas demandé mon avis. Léobard s'est occupé de la vente lui-même. Dans la plus pure tradition locale, j'imagine, la moitié au noir, en dessous de table. Comme ça, ça ne laisse pas de trace. Pas de trace! Ça oui! Pfffft! En l'air! Disparu, volatilisé, le magot! Ils ne m'en avaient rien dit, je ne suis pas censée savoir. Mais j'ai des yeux, non, et des oreilles?…

Je l'avais repérée, cette enveloppe, dans la cuisine. Hier soir. Et Léobard, avec sa grande gueule et sa discrétion d'hippopotame… C'est lui qui l'a déposée sur la table, entre les assiettes sales et les taches de café. Ça leur brûlait les doigts, à tous, mais il ne s'en est pas trouvé un pour mettre la patte dessus. Moi, je lorgnais du coin de l'œil. Et ce matin elle était encore là, à la même place. J'ai profité d'un moment où j'étais seule, avant que Pilade me véhicule jusqu'à ma villégiature, chez Désiré, pour ramasser l'enveloppe. Pourquoi j'ai fait ça? Je ne sais pas au juste. Pour rien. C'est mon héritage, après tout, c'était ma maison. J'ai vérifié. Une jolie liasse, des billets plus très jeunes. Pas l'équivalent d'une maison, non, un acompte, sans doute. Je l'ai remise dans l'enveloppe, que j'ai jetée sur mon fauteuil avant de me rasseoir dessus.

Plus tard, dans la matinée, chez Désiré, quand je me suis relevée pour m'offrir un petit coup de champagne dans le frigo, l'enveloppe est tombée. Je l'avais oubliée, je ne m'en suis aperçue qu'en retournant m'asseoir. J'ai roté mes bulles et je me suis demandé ce que j'allais en faire, de ces billets. Je suis retournée au frigo pour reprendre une petite goutte. J'étais encore là, rêveuse, une fesse posée sur le coin de la paillasse, en train de tripoter l'enveloppe entre mes doigts, quand j'ai entendu la voiture de Pilade. Retour du marché. Il n'allait pas tarder à apparaître. Je n'ai pas réfléchi. Ni une ni deux, j'ai balancé l'enveloppe dans le premier récipient qui s'est présenté. Ma gamelle. Je me suis précipitée sur ma chaise roulante et j'ai éteint mes yeux.

Pilade est entré quelques instants plus tard, son cabas à la main. — Je vous ai apporté des têtes, il a dit. Un bon paquet, vous allez être contente. Et, d'un seul coup, il a versé le contenu du sac dans la casserole, sans regarder. Il a noyé le tout dans deux ou trois litres d'eau, ajouté quelques herbes, et il est resté un moment à bricoler dans le sous-sol, après avoir allumé le feu sous la gamelle.

J'étais sidérée. Mais qu'est-ce que je pouvais faire? Lui avouer que j'avais piqué l'enveloppe, que je marche, que j'entends. Il me coûte cher, mon bonheur! Mais il n'a pas de prix. Je n'ai rien dit. Et quand il est enfin reparti, je n'ai pas bougé. J'ai laissé la maison des ancêtres mijoter dans les têtes de poisson. Ah! Ils avaient vendu ma maison! Ça ne leur profiterait pas...

Mais le plus comique, après, c'est quand ce drôle de type est entré, l'air un peu perdu. Il ne devait pas avoir les yeux en face des trous, il a failli écraser le chien. Il a à peine miaulé, Valentino. Est-ce pour se faire pardonner? Le type a pris ma soupe de poisson à l'oseille et la lui a donnée. Il n'a pas fait dans le détail, Valentino. Il a tout avalé. Les yeux, les arêtes et les billets de cinq cents... Le déranger dans son festin? Sûrement pas. C'est mon argent, après tout, et c'est mon chien, on me l'a assez répété. L'un dans l'autre... Misère? Crésus, oui! Il a un jabot en or, Valentino...

Ils peuvent toujours le chercher, le voleur!

MISÈRE

Surtout, ne pas bouger. Rester là, sur les marches, au soleil. Attendre. Veiller.

Les mouches se posent sur moi, de plus en plus nombreuses. En certains endroits, je ne vois plus ma peau. C'est bon signe. Signe que le monde se repose, qu'il s'étale tout autour de moi comme une nappe brodée, qu'il a enfin trouvé son équilibre. Sitôt que je bouge, il vacille, inquiet, menace de s'effondrer, et on se met à courir dans tous les sens pour se mettre à l'abri, et les mouches aussi me quittent, affolées, pour se jeter dans des becs d'oiseaux...

Moi, je n'ai plus besoin de courir pour échapper aux pierres, d'errer autour du marigot, à la nuit tombante, pour déterrer des restes de manicous crevés, de lécher le sable pour y aspirer les méduses échouées ou des yeux de poisson, de rôder autour des maisons pour attraper, entre deux coups de pieds, un morceau de peau de saucisson, de m'enterrer dans un trou d'eau vaseuse pour dérouter les rats... La peur, la faim... Je ne me souviens plus très bien... C'était un autre monde, un monde en désordre, un monde qui n'était pas fini, qui n'était pas le mien.

Maintenant, le maître me donne à manger, chaque jour. Rien que le meilleur, soigneusement trié, les peaux, les écailles, les os... Il les apporte sans rien dire, puis les dépose à mes pieds et s'efface discrètement. Il avance et recule courbé, humble, sans oser lever les yeux sur moi. C'est lui qui entretient mon domaine et veille à ma nourriture. En échange, je lui apporte la paix. Je le protège de la vermine, que j'écarte d'un seul regard de mes yeux fulminants. Tous fuient à mon approche, rentrent sous terre, s'évanouissent. J'ouvre la bouche et mon souffle les disperse, un frémissement de ma peau et les voilà anéantis! Lui seul ose m'approcher. Ma bonté le subjugue. Il m'admire, il m'envie. Il me craint, aussi. Il se prosterne. Il a construit un temple pour moi, autour de moi, où les servants s'agitent pour me complaire, assez loin toutefois pour ne pas vicier mon air. Des ombres soumises. On fait silence, on respecte ma solitude.

Et pourtant, je ne suis pas seule. Il y a l'autre, la momie, toujours là, sournoise, qui me guette. Elle aussi, on lui apporte à manger; elle aussi, on tourne autour d'elle. Son pouvoir est grand, mais pas si grand que le mien, toutefois. D'elle, ils s'approchent parfois. Ils lui parlent, chuchotent doucement à son oreille, longtemps. Beaucoup trop près. Elle ne sait pas les maintenir à distance. Elle ne sait pas rester immobile, non plus. Elle abandonne souvent ses roulettes pour aller et venir sans but, fébrile, et finalement retourner s'asseoir. Elle se laisse manœuvrer aussi, parfois. Sans rien dire. Larve! Son temps est compté.

Aujourd'hui, c'est la fête. Ma fête. Un autre maître est venu. Il n'a pas la même odeur que les autres et je m'en méfie, mais il m'a apporté une offrande de choix. Croustillante, délicieuse... Je l'ai reçue avec la dignité qui convient et, pour lui montrer ma mansuétude, j'ai tout mangé. Quelque chose que je n'avais jamais encore goûté, à la fois suave et croquant, et filant, et riche... Bon maître! Il n'a rien donné à l'autre! Ce n'était que le début. La fête a été grandiose. Ils ont enfin reconnu ma supériorité, ils ont vu que j'étais unique, l'unique. Et ils l'ont emportée!

Il faut parfois bouger, sortir de la réserve, du temple, et accomplir une action d'éclat. Je leur ai montré qui j'étais. J'ai sauté à mon tour dans la voiture, décidée à la pourchasser jusqu'au bout. Ils sont allés loin, mais je n'ai pas lâché prise jusqu'à ce qu'ils ouvrent de nouveau les portes. Puis ils l'ont hissée, et enfermée, et attachée, et maintenant je monte la garde, immobile. Le chaos est terminé, le monde est en repos. J'y veille. Qu'elle ose seulement sortir et je me jette sur elle, je l'extermine, je la dévore!

Je ne partagerai plus. Ce monde m'appartient.

TABLE DES MATIÈRES

La Cunégonde
Serge Viau

Un enlèvement! Pauvre Ornella! Une aventure pas possible! Un texte délirant! Un style unique!

(août 2000)

•

Moi non plus
Grégory Lemay

Il n'a d'yeux que pour Loïse. Et elle n'a que des dents pour lui. Entre les fleurs et les pleurs, il lui crie: «Fais-moi mal!»

(septembre 2000)

•

L'Hymne à l'hymen : un livre dont vous êtes l'éros
Emmanuel Aquin

Pierre Duremanche doit sauver une jeune vierge des griffes des Raouliens, une secte obsédée par le sexe et les extraterrestres. Gros Pierre va leur montrer de quel bois il se chauffe!

(collection Point G, novembre 2000)

www.pointdefuite.com

IMPRESSION
IMPRIMERIE GAGNÉ

IMPRIMÉ AU CANADA